「弟にこんな美人な彼女がいたなんて知らなかったぞ」

「び、びずんっ!?」

ビクンと先輩が跳ねた。

もう舌が完全に回っていない。

レバーを引いて垂れるソフトクリームが、ピーちゃんの頭に落ちる。

あっという間に右手がソフトクリーム塗れになってしまった。

ピーちゃんは既にソフトクリームの海に呑まれて見えない。

「ゲセヌ」

平々凡々な
けん玉ボーイ
久《く》住《ずみ》優《ゆう》斗《と》
超絶不器用な
美人生徒会長
橘《たちばな》 凜《り》緒《お》
神出鬼没な
セキセイインコ
ピーちゃん

大きな体に
優しい心の級友
二《に》階《かい》堂《どう》龍《りゅう》磨《ま》
生活に困窮する
風紀委員
風《かぜ》駒《こま》はる
凜緒
ファンクラブの
会長
絹《きぬ》原《はら》真《ま》琴《こと》

「鼻血噴き出てるぞ!?　オイ!　しっかりしろ、オイッ!」
「お、お姉さまのお体、美しすぎますううぅ!!」
おのれ絹原さんめ、
俺でさえまだ拝んだことのない、
凜緒先輩の御神体に参拝しやがって。
精々貧血で苦しむがいいよ。

憧れの美人生徒会長にお喋りインコが勝手に告白したけど、会長の気持ちもインコが暴露しやがった

間咲正樹／しいたけ

OVERLAP

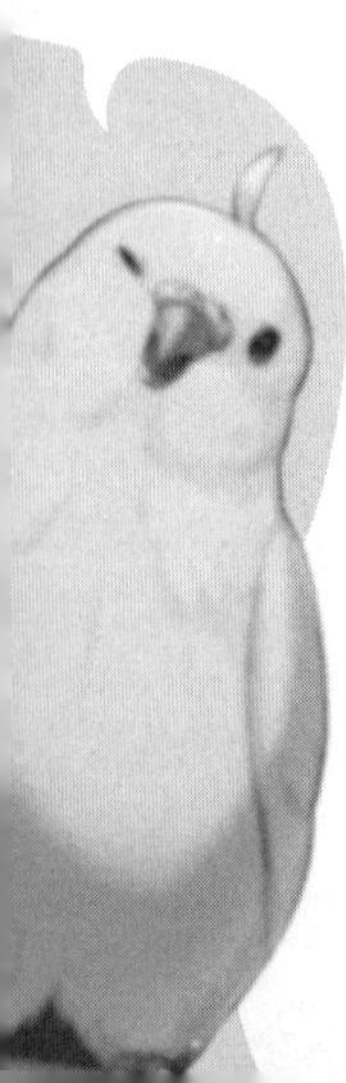

イラスト／しんいし智歩

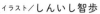

プロローグ：アイショウハ　ワルクナイゾ　ワルイノハ

「なぁ、どうしたらいいのかな？」

テーブルに両肘をつき、黄昏《たそが》れるように問い掛けた。決して独りごちているわけではないことは、そばにある鳥カゴの主が証明してくれるだろう。

「シラヌ！　ゾンゼヌ！　ウカガイシレヌ！」

愛鳥のセキセイインコであるピーちゃんが、俺の問い掛けに翼をパタパタさせながら、聞き覚えのある高い声色をあげた。

「姉ちゃん！　またピーちゃんに変なこと教えただろッ!?」

隣の部屋に向かって話し掛ける。

「知らないし存じませんし窺《うかが》い知れません」

いつもの素っ気ない返事が返ってきた。

「それをピーちゃんが真似《まね》してんだよッ!!」

「あっ、そう？」

「もう！」

悪びれる様子もなく、とぼけた姉に嘆息を漏らし、いってきますと家を飛び出した。

いつもの通学路から見える一際大きな屋敷。その前に人集《ひとだか》りが出来ていた。

「橘《たちばな》先輩！　お鞄《かばん》お持ちします！」

「フフ、いつもすまないな」

「橘先輩！　これ、お弁当作ってきたんで、よかったら食べてください！」

「ああ、ありがとう。あとで大事にいただくよ」

「橘先輩ッ！　今日もお美しいですッ！」

「何を言う。君たちのほうが何倍も綺麗《きれい》だよ」

「「「きゃあ～～～～っ！」」」

黄色い声の中を、優雅に一人の女生徒が抜け出した。

おおう、今日も凄《すご》いことになってんな。

我が校一の有名人である橘先輩は、容姿端麗、成績優秀、スポーツ万能、そのうえカリスマ性もあり男女問わず熱烈な支持を受けているという、まさに高嶺《たかね》の花。むしろどちらかというと、女子人気のほうが高いまである。

それは二年生で既に生徒会長を務めるほどの圧倒的支持！　我が校始まって以来の快挙に、学校全体も大盛り上がりだ。

先輩は高身長のモデル体型で、いかにも女性が憧れる女性って感じだもんなあ。

艶めくような長い黒髪はいつもサラサラで、大自然の清流を連想させるほどに美しい。

切れ長で意志の強そうな瞳は、目が合った者誰をも魅了する。佇《たたず》まいも常に凛《りん》としており、凛緒《りお》という名がまさに体《たい》を表している。そりゃ女子だって思わず見蕩《みと》れてしまうというものだ。

それこそ取り巻きの女子の何人かはガチかもしれない。その証拠に、彼女たちは付箋がビッチリと貼られた「ゼックスィ」と「ひよっこクラブ」を、大事そうに抱き締めている。

多様性の時代！

「あ！　久住《くずみ》！　久住じゃないか！　おはよう！　聞いてくれ、昨日やっと、『飛行機』が出来るようになったんだぞ、私！」

橘先輩が無邪気に目をキラキラとさせながら、俺のほうに駆け寄ってきた。

おおっと!?　先輩の取り巻きたち――主に女子――からの殺気がパない！　ま、まあ、あの橘先輩からこんなに親し気な態度を取られたら、そりゃそうなるよね……ハハ。

思い返せば、あれは今から一ヶ月ほど前のこと――。

「ほっ、よっ、はっ」

その日の昼休み、俺はいつものように、唯一無二の趣味であるけん玉の練習を校舎裏でしていた。

もちろん一人で。悪いか。

子どもの頃に観《み》た、『カイケツ！　ケンダマボーイ』というアニメの主人公である、ケンダマボーイこと剣崎玉也《けんざきたまや》が、ありとあらゆる事件をけん玉のみで解決していく様がカッコよくて、それ以来今日まで遮二無二練習してきたのだ。今ではけん玉の腕なら、そうそう負けない自信はある。それが世間から需要があるのかはさておき……。

「す、凄いな君！」

「え？」

不意に、よく通る美声が俺の耳に入ってきた。声のしたほうへ目を向けると、そこには何とあの橘先輩が、目をキラキラさせながら立っていたのだ。覗《のぞ》くように窓から見ている先輩はワクワクとした顔で、まるで楽しいオモチャを見つけた子犬のように嬉々《きき》とした様子だった。

何でこんなところに橘先輩が!?　俺は少し気まずい顔をした。

「それ、けん玉だよね!?」と、興味あり気な一声。

「そ、そうですけど」

戸惑いながらもそう答えると、先輩は窓から軽い身のこなしで校舎裏へとやって来た。

「今のはなんていう技だい!?」

けん玉を指差す先輩は距離がやけに近く、否応《いやおう》無しに緊張が走る。こんな美女の顔をこれだけ至近距離で見るのは生まれて初めてなので、俺の一般市民用の眼球が悲鳴を上げている。目が、目がぁ～！

「ひ、飛行機です……」

橘先輩からそっと目を逸《そ》らしながら答える。飛行機はけん玉の基本技の一つで、けんではなく玉のほうを持ち、けんを玉に挿すという、なかなかに難度の高い技だ。

「飛行機!? 滅《め》茶《ちゃく》苦《ちゃ》茶カッコイイじゃないか！ 是非私もやってみたい！ 君さえよかったら、やり方を教えてくれないか!?」

「――!?」

その言葉に、思わず俺の一般市民用の目が丸くなる。

お、俺が!? あの橘先輩に!?


「では早速よろしく頼むな、久住師匠！」

「あ、あの、師匠は勘弁してもらえませんか」

流石《さすが》にいたたまれないっす。

「ふむ、では改めて。よろしく頼むぞ、久住」

「は、はい、こちらこそ」

そして迎えた放課後。

俺たちがやって来たのは、俺の家の隣にある人気のない小さな公園。最低限の遊具に、木とセミの抜け殻がやたらと多い、空き地に毛が生えた程度の場所だ。だからこそ誰にも見つからなくて好都合。

先輩は学校で練習してもいいと言ってくれたのだが、あの橘先輩と二人でけん玉の練習なんかしてるところを誰かに見られたら、俺の学校での立場が本能寺の変直後の明智光秀《あけちみつひで》並みに危うくなること必至！

それこそ熱狂的な橘ファンから、「お館様の仇《かたき》ー!!」と叫ばれながら竹槍《たけやり》で刺されてもおかしくない。――いやお館様って誰!?

「久住？　どうかしたか？」

「あ！　いえいえ、何でもないです、ハハ」

「ふふ、おかしなやつだな」

危ない危ない。完全に心が本能寺に行ってたぜ。

今の俺は曲がりなりにも橘先輩の師匠なんだ。しっかりしなきゃ。

「まずはけん玉の基本中の基本、大皿ジャンプからやってみましょう」

「おお！　大皿ジャンプ！　何てカッコイイ名前なんだ！」

「そ、そうですか？」

先輩は目を輝かせながら、握った拳をプルプルさせている。とてもお世辞で言っているようには見えない。ううむ、先輩って結構感性が独特というか、普段のクールな感じとは対照的に、意外と感動屋な一面もあるんだな？

先輩のこんな表情を知っているのは学校でも俺だけかもしれないと思うと、ムズムズと優越感が湧き上がってくるのを抑えきれない。

「じゃあ、試しに俺がやってみますね。――ほいっと」

「おおおッ!!」

俺が膝のクッションを使って、真上に上げた玉を大皿に着地させると、先輩は歓声を上げながらパチパチパチパチパチと盛大に拍手をしてくれた。

いやそんな大袈裟《おおげさ》な。

「今のが大皿ジャンプです。コツは手よりも膝を意識することです。ちょっと先輩もやってみましょう」

「う、うむ」

俺がけん玉を手渡すと、先輩の顔にピリリと緊張の色が走った。

おや?

「大丈夫ですよ先輩。そんなに難しい技じゃありませんから、リラックスしていきましょう、リラックスして」

手影絵の狐《きつね》みたいな手つきでけん玉持つ人初めて見たぞ?

「あ、ああ、そうだな。――ではいくぞ! うどりゃああああッ!!!!!」

「先輩ッ!?」

先輩はそれこそ、竹槍で突撃する落ち武者狩りみたいな怒声を上げながら、けん玉をブン回した。

え――――!?!?!?

「ああ……！」

案の定玉は大皿に着地するわけもなく、そのまま一回転して空を切った。

「あのー、先輩？」

「くっ！　黙っていてスマン久住！　実は私はこの通り、病的なほど不器用なんだ……」

「――!?」

いや、不器用とかいう次元じゃなかったような気が……。とはいえ、ここで下手なことを言って、先輩のモチベーションを下げるのも得策じゃないだろう。

「まあ、最初はこんなものですよ。もう一度やってみましょう。今度は落ち着いて、ね？」

「ああ、やってみる！」

先輩は鼻息をフンスと立てて、握ったけん玉を凝視した。だ、大丈夫かな？

「リラックスですよ先輩、リラックス」

「うん、リラックスリラックス。リラックスリうどりゃあああああッ!!!!」

「先輩ッッ!?!?」

またしても先輩は、「お館様の仇ー!!」のテンションでけん玉をブン回した。

な・ん・で!?!?

「うぐあああああ!!　やっぱり私には無理だあああ!!　私はけん玉をやる資格などない、ゴミ虫なんだあああ!!」

「そ、そんなことないですよ先輩！　誰だって最初は初心者です。先輩が出来るようになるまでいくらでも付き合いますから、一緒に頑張りましょう！」

今や俺の中には、母性本能と言っても差し支えないものまで芽生え始めていた。先輩のことは、俺が一人前のケンダマガールにしてみせる――！

「く、久住は本当に優しいな」

「え？」

頬をほんのりと染めながら、はにかんだ笑顔を向けてくる先輩に、俺の中の刻《とき》が止まった。

――はぐふぅ!!

む、胸が苦しい……！　そんな顔で見られたら、勘違いしそうになるからやめてください！

「べ、別に俺は普通ですよ。先輩が一生懸命だから、応援したくなるだけです。さあ、もう一度やってみましょう！」

「ああ！」

「ビールデモノンデ　リラックスシナヨ」

「ん？」

ふと聞き慣れないが間違いなくアイツだろうと思われる声が上から聞こえた。先輩が俺の家の窓を見上げている。

「あ、すみません。ウチで飼ってるインコです」

「ふふ、可愛《かわい》い声だな」

「姉ちゃんが変な言葉ばかり教えるから。さ、先輩続きを」

「ああ」

　先輩は三度目の正直と言わんばかりに、気合を入れて大皿ジャンプに挑んだものの、結果はお察しの通りであった——。


　こうして俺と先輩の、地獄のけん玉特訓の幕が上がったのである。

　とにかく先輩は緊張すると肩にガチガチに力が入ってしまうタチらしく、深呼吸をさせたり、ヒーリング音楽をＢＧＭに流したりと、毎日手を替え品を替え先輩の緊張を解くために腐心したものの、結果は芳《かんば》しくなかった。

「くっ、やはり私はダメだ……！　今年のダメ人間オブザイヤー最有力候補だ……！　来世に懸けて、いっそもう死にたい……」

「諦めるのはまだ早いですよ先輩ッ！」

　どうも先輩は、上手《うま》くいかないとすぐ卑屈になってしまう傾向にあるな。あれだけ多くの人に慕われてる生徒会長なのに、何でそんなに自信がないんだろう？

「ひょっとすると、このけん玉が先輩に合っていないのかもしれませんね」

「けん玉が？」

「ええ、一口にけん玉といっても、いろんな種類がありますからね。このけん玉は、所謂《いわゆる》競技用けん玉と呼ばれているもので一番オーソドックスなタイプなんですが、先輩にはもっと初心者向けのけん玉のほうが合っているのかもしれません」

「そんなのがあるのか!?　それはどこで売っているんだ!?」

「え？　ああ、俺はいつもけん玉は知り合いが経営してるオモチャ屋さんで買ってるんですが、よかったら紹介しましょうか？」

「是非頼む！　明日は土曜日だし、もし久住《くずみ》の予定が空いてたら、一緒に買いに行こうじゃないか！」

「あ、はい。俺は全然空いてますけど」

あれ？　先輩と一緒にお買い物？……これってデートってやつなのでは!?……いやいや、待て待て。これは単なる買い物。まったくもってデートではない。何を自惚《うぬぼ》れてるんだ、俺は。

「じゃあ私の連絡先を教えるから、久住の電話番号も教えてくれるか？」

「――――！」

せ、先輩と、電話番号の交換、だと……!?　夢か!?　夢じゃないよなこれ!?　先輩の連絡先なんて、ネットオークションに出したら一生遊んで暮らせるくらいの値が付くぞ！

（出さないけど）

「は、はい、喜んで！」

「うむ！　私の番号はな――」

先輩から言われた番号を、震える手でスマホに入力する俺。

――が、

「……あれ？　先輩、番号が十桁しかないみたいなんですが」

「ああ、それは当然だ。私の家の固定電話の番号だからな」

「固定電話!?」

「……これも絶対秘密にしてほしいんだが、私は大の機械音痴でもあってな」

「機械音痴……！」

「恥ずかしながら、使い方がわからないから、未《いま》だにスマホは持ったことがないのだ」

大正生まれのおばあちゃんかな!?　いや、今時大正生まれでも、スマホを使いこなしてる人はいるかもしれない。どうやら橘《たちばな》先輩の不器用さは筋金入りらしいな。

あれ？　でも待って。てことは、俺は先輩に電話したい時は、家の電話に掛けなきゃいけないってこと？

ええ……。それは大分ハードル高いな……。もしもお父さんとかが電話に出たら、何て言えばいいんだろう……。

「心配は無用だ。知り合いの電話番号は全て暗記しているからな」

「はぁ」

俺が心配しているのは、そういうことじゃないんですけどね。てか番号全部暗記しているのは地味に凄《すご》いな。流石《さすが》橘先輩。

「では明日楽しみにしているからな！」

「あ、はい」

満面の笑みを向けてくる先輩を見ていたら、細かいことはどうでもよくなってしまった。俺も大概単純だ。


「おはよう久住！　待ったか？」

「い、いえ、俺も今来たとこです」

嘘《うそ》です。ホントは六時間前から来てました。

——満を持して迎えた翌日。緊張しすぎて昨夜一睡も出来なかった俺は、日の出とともに家を飛び出し、ずっとここで先輩のことを待っていたのだ。

それにしても、私服の先輩の破壊力パねえええ!!

いつもの学校のパリッとした制服じゃなくて、今日は全体的にフリフリした可愛らしい格好をしている。私服はこんな乙女チックな感じなのかあああ!!　萌《も》えええええ!!!!

「じゃあ、早速行きましょうか」

「うむ！」

スキップでもしそうなくらいワクワクしている先輩と並んで、目的地のオモチャ屋さんへと歩き出した。そんなにけん玉を買うのが楽しみなのかな？


「こんにちは、七瑚《ななこ》さん」

「ああ、いらっしゃい優斗《ゆうと》くん。おや？　そっちの美人さんは優斗くんの彼女かい？」

「「か、彼女!?」」

まさかのコメントに、俺と先輩は揃《そろ》って声が裏返ってしまった。

「い、いやいやいやいやいや、そんなわけないいじゃないですか七瑚さん！　先輩が俺の彼女なんて、そんな恐れ多い！」

「そ、そうです！　私はまだ、久住の彼女じゃありません！」

ん？　今『まだ』って言いませんでした？

「アッハハー！　了解了解。今ので大体わかったよ。で？　今日はどんな御用かな、優斗くん？」

七瑚さんがニヤニヤしながら俺と先輩を交互に眺める。何が大体わかったというのだろう？　解せぬ。

七瑚さんは俺の姉ちゃんの同級生なのだが、高校卒業とともに、お爺《じい》さんが経営していたこの『相葉《あいば》玩具店《がんぐてん》』を引き継ぎ、若くして店主になったらしい。

相葉玩具店は商店街の片隅にある小さなオモチャ屋さんだが、けん玉やベーゴマといった、今時珍しい古き良き時代のオモチャを扱っている貴重な店でもある。

「実はこちらの橘先輩は俺の学校の先輩なんですが、最近けん玉を始めまして」

「おお！　若いのにけん玉を！　そりゃ偉いねえ。感心感心」

「は、はい！　ふつつか者ですが、よろしくお願いいたします！」

嫁入りの挨拶みたいになってますよ先輩。

「で、先輩用に、初心者向けのけん玉を買いに来たってわけです」

「なるほどね～。了解了解。つまり橘ちゃんは、優斗くんの弟子ってこと？」

「まあ、そうなりますかね」

未だに俺があの橘先輩の師匠だということに、並々ならぬプレッシャーを感じずにはいられないが。

「そっかぁ。我が弟子も遂《つい》に弟子を取るまでになったんだねぇ。感慨深いよ私は」

「え？　我が弟子？」

「ああ、七瑚さんは俺のけん玉の師匠なんです」

「何と！　つまり私にとっては大師匠ですね！　大師匠、ふつつか者ですが、よろしくお願いいたしますッ！」

それさっきも言いましたよ先輩。

「うんうん、頑張りたまえよ孫弟子よ。ホッホッホッホ」

髭《ひげ》を撫《な》でるようなジェスチャーをする七瑚さん。七瑚さんの大師匠のイメージ古いな。

「そういうことなら、橘ちゃんのけん玉は、師匠である優斗くんが選んであげなきゃね」

ウィンクをしながら俺の肩に手を置いてくる七瑚さん。ううむ、若干荷が重いが、そうも言ってられないか。

「わかりました。俺に任せてもらえますか、先輩？」

「ああ！　久住の選んでくれたものなら、全面的に信頼出来るからな！」
プ、プレッシャーが……！　先輩は俺のことを過大評価しすぎだと思う。
胃が痛くなるのを抑えながら、俺は先輩と店内へ入っていった。


「こ、これは!?」

ベーゴマ売り場の前で目を見開く先輩。

「ああ、これはベーゴマですよ。今じゃあまり見掛けなくなりましたけどね」

「これがベーゴマ！　初めて見た！」

子どもみたいに目をキラキラさせる先輩。か、可愛い……！

「んふふ～、試しにやってみるかい？」

「――！」

そんな先輩に、七瑚さんが後ろから声を掛ける。

「いいんですか⁉」

「ああ、古いオモチャの良さを知ってもらうのは、こういう店を経営してる者としてはこのうえなく嬉《うれ》しいことだからね」

「是非やってみたいです！」

おやおや、何だか妙な展開になってきたぞ。


「ほんじゃ私が最初に手本を見せるからね。こんな感じで持って、地面と平行になるように、スッと投げるんだ。――ホイッ」

「おおッ‼」

店の裏の空き地で、七瑚さんはベーゴマを実際に回してくれた。ベーゴマはシャーという心地良い音を立てながら、コンクリートの上で綺麗《きれい》に回転している。流石七瑚さんだ。

俺はベーゴマは専門外だからなぁ。

「橘ちゃんもやってみるかい？」

「みます！」

七瑚さんが紐《ひも》を巻き付けてくれたベーゴマを、先輩は嬉々《きき》として受け取る。だ、大丈夫かな？

「先輩、わかってると思いますが、リラックスが大事ですよ、リラックスが」

「ああ、わかっているとも！　リラックスリラックス。リラックスリうどりゃあああああッ!!!!!!」

「先輩ッッ!?!?!?」

案の定というかお約束というか、先輩はベーゴマを空に向かって全力投球してしまった。ベーゴマは『伸身の新月面が描く放物線は、栄光への架け橋だ！』とばかりに、遥《はる》か彼方《かなた》へと消えていった……。

「あああああ!!!　ベーゴマがあああああ!!!」

「アッハッハッハ!!　橘ちゃんはホントおもしれー女だねぇ」

笑い事じゃないですよ七瑚さん！

「すすすすすいません大師匠!!　あの分は弁償しますんで！」

「いやいや、いいよ別に安物だし」

「そうはいきませんッ！」

果たして先輩がリラックス出来る日は来るのだろうか……。

「ハァ……」

相葉玩具店からの帰り道、先輩は目に見えて落ち込んでいた。

「だ、大丈夫ですよ先輩。ベーゴマは俺も苦手ですから、上手《うま》く出来ないのが普通です。

それよりも先輩の本命はけん玉なんですから、この先輩用のけん玉で、来週からまた頑張って練習しましょう！」

「そ、そうだな！　久住《くずみ》が選んでくれた、特別なけん玉だものな！」

いや、特別ではないですけどね。あくまで市販品ですし。

俺が先輩に選んだのは、初心者向けの穴が大きくて玉にボーダー柄が入っているものだ。穴が大きいのはもちろん入りやすくするためだが、何故《なぜ》ボーダー柄にしたかというと、けん玉というのは玉の回転方向を見極めるのが重要だからだ。だが初心者は柄が入っていないと、なかなか回転方向がわからない（いわんや橘先輩をや）。そこでわかりやすくするために、ボーダー柄をチョイスしたわけである。

「よし、目標は今年のダメ人間オブザイヤー最有力候補脱却！　頑張るぞ！」

「目標低くないですか？」

まあ、とはいえ出来ることから一歩ずつやっていきましょう、先輩。

「いいですか先輩、リラックスですよ、リラックス」

「ああ、今日こそ見ててくれ。リラックスリラックス。リラックスリうどりゃあああああッ!!!!!」

「先ぱーーーいッッ!!!!」

が、健闘虚《むな》しく、先輩は今日も先輩であった……。

「うがあああああ!!!!　せっかく久住が私のために選んでくれたけん玉なのに、不甲斐《ふがい》ないいいいい!!!!!」

先輩は今にも血の涙を流さんばかりだ。ううむ、これは大分重症だな……。八方塞がりな状況に、思わず俺は天を仰いだ。

——しかし、そんな絶望的とも言える状況に光明を見出したキッカケは、何とピーちゃんであった。

もう一度やってみましょうと宥《なだ》め賺《すか》し、ガチガチになりながら大皿ジャンプに挑まんとする先輩を、半ば諦観じみた瞳で見ていた俺だが、その刹那——。

「ソウ　カッカスルナヨ　コシヌケメ」

「——!?」

ピーちゃんからのアドバイス（?）を受けた先輩は、今までの尋常じゃない緊張が嘘のように、肩の力が抜けてふわりと玉を浮かせることが出来たのである。まさしく理想的な浮かせ方だ——。

そして玉は吸い込まれるように、音もなく大皿に着地したのだった。

う、うおおおおおお!!!!

「やりましたね先輩ッ!!」

「ああ！　やった！　やった！　やったあああああッ!!」

先輩は金メダルでも獲得したかの如《ごと》く、ガッツポーズを決めた。いやあ、よかったよかった！　感慨深いぜ！

「ピーちゃんのアドバイスが効いたんですかね？」

まさかのまさかだけど。

「ああ、ピーちゃんの声を聞いたら、自然と肩の力が抜けてな。――でも、一番はやはり、久住のお陰だよ」

「え？」

お、俺の？

「久住がこんな死ぬほど不器用な私のことを見捨てず、今日まで付き合ってくれたからこそ成功したんだ。――本当にありがとう、久住」

「先輩」

先輩は年下の俺に対して、深く頭を下げた。

「そんな、顔を上げてください先輩。前も言いましたけど、俺が好きでやってることですから。それに、まだ初歩の初歩である大皿ジャンプが一回成功しただけです。目標である飛行機の難度は、これの比じゃありませんからね。今後はもっとビシビシ厳しくいきますよ！」

「ああ！　よろしく頼む！」

先輩は俺に、ヒマワリみたいな満面の笑みを向けてくれた。

──先輩。

「ヤレヤレ　オヤスクナイゼ」

ピーちゃん!?

そうしてこの日以来、先輩の必死の努力の甲斐もあり、徐々に──本当に徐々にだが
──先輩のけん玉の腕は上がっていった。
表向きは完全無欠な高嶺《たかね》の花である先輩が、裏では必死に苦手なけん玉の練習を頑張っているというギャップに、俺は萌《も》えずにはいられなかった。というか萌え尽きた。

──そんな日々を送っているうちに、俺が先輩に無謀な恋心を抱くようになってしまったのは、ある意味必然だったとも言える。

そして今日、遂に先輩は念願だった飛行機に成功したという。

「飛行機が出来たのは久住のお陰だ！　本当にありがとう！」

「そ、そんな、俺は大したことはしてませんよ。先輩の努力の賜物《たまもの》です」

あ、ヤバい。ちょっと泣きそう。

「で、だ、放課後いつもの場所で、久住に私の飛行機を見てもらいたいんだが、いいか

な？」

「――！」

先輩が頬をほんのりと染めながら、少し頭を下げて上目遣いで訊《き》いてくる。

ふおおおおおおお!?!?

「も、もちろんです！　俺なんかでよければ」

先輩ファンの女子たちから、「先輩の飛行機ですって!?」「飛行機って何の隠語かしら!?」「私も先輩に着陸されたい～～～!!」といった、嫉妬を交えた呪詛《じゅそ》が飛んできたが、聞こえなかったことにしよう。

「では、いくぞ」

「はい、ファイトです、先輩」

いつもの時間のいつもの公園。場は異様な緊張感に包まれていた。

ずっと先輩の夢だった飛行機を、俺の前で成功するか否かという状況なのだ。さもありなん。ボーダー柄のけん玉を持つ手も微《かす》かに震えている。

とはいえ、ここまできたら俺に出来るのは心を込めて応援することくらいだ。頑張ってください先輩。先輩のここまでの努力は、俺が誰よりもよくわかってますから――。

「ふぅー、はあああぁッ!!」

「っ!?」

が、ここにきて先輩の悪い癖が出てしまったのか、明らかに肩に力が入っている。嗚呼《ああ》、これじゃまた――！

――その時だった。

「イツモドオリニイコウゼ」

「――!!」

今日までずっと先輩のけん玉を見続けてきた、ピーちゃんのアドバイスが炸裂《さくれつ》したのだった。

「っはぁ！」

「――!!」

そのお陰で、また先輩の肩からほどよく力が抜け、けんは綺麗な放物線を描いた。そしてまるで逆再生の映像を観《み》ているかの如く、けんは玉にスポッと収まったのである。

おおおおおおおお!!!

「せ、先輩!!　やりましたね!!　成功ですよ!!」

「う、うぐふううぅぅ」

「っ!?」

先輩は両手で顔を押さえながら、号泣し出した。

先輩!?

「あ、ありがどう久住……！　私は今、猛烈に感動している……！　私は今日という日を、一生忘れないよ！　神に誓う！」

「先輩……」

ハハ、先輩の顔が何故か歪《ゆが》んで見えるな。何でだろう。

「飛行機が成功したのは、久住がこのけん玉を選んでくれたお陰だ。穴が大きかったから、私でも成功させることが出来たんだ」

「いや、それは違います。成功したのは、先輩がそれだけ努力したからですよ」

「久住……！」

先輩はハッとした表情を浮かべる。

「フフ、不甲斐ない弟子だが、これからもよろしくな、久住！」

涙を拭いた先輩は、いつものヒマワリみたいな満面の笑みを浮かべながら、俺の肩に手をポンと置いた。

「は、はい！　俺なんかでよければ！」

ああ、やっぱ俺、先輩のことが好きだ——。


その日の夜。先輩から向けられた笑顔が今でも俺の鼓動を速めている。部屋で一人、あと一羽。ため息と足音が部屋の中に渦巻いた。

「橘《たちばな》先輩と付き合いたいけど、俺なんかじゃ無理だよなぁ」

「アイショウハ　ワルクナイゾ！　ワルイノハ　カオダ！」

「しどい」

辛辣なピーちゃんに軽く殺意を覚えつつも、それが現実かと諦めてベッドに横になった。


——翌日。


今日は休日でいい天気だし、久しぶりにピーちゃんのカゴを掃除しようかな。

カゴの中のピーちゃんは、ラッピング用のリボンをズコズコついて遊んでいた。ピーちゃんはリボンをズコズコつつくのが大好きだからなぁ。

「ピーちゃん掃除するよー」

「アバヨ！　クソッタレナ　コノセカイ！」

「ピーちゃんッ!?」

カゴを開けた瞬間、ピーちゃんは謎の捨《す》て台詞《ぜりふ》を残してカゴから飛び出してしまった。

「ピ、ピーちゃああああんッ!!」

しかもうっかり窓を開けていたため、ピーちゃんはそのままシャバの空気を吸いに大空へと消えてしまったのである。俺は慌ててピーちゃんの後を追ったが、既にピーちゃんの姿は見えなくなっていた。

「ピーちゃん……」

血眼になって街中を探し回ったものの、夕方になってもピーちゃんは見つからなかった。猫や犬に捕まってたらどうしようかと考えただけで、胸が苦しくなる。大好物のドライフルーツを持ってきたけれど、ピーちゃんの声すら聞こえない。

どうしようかと途方に暮れていた、その時だった。

「ピ、ピーちゃんッ!?」

ふと通りかかった大きな公園のブランコで、ピーちゃんを手に乗せた人を偶然見つけたのだった。

「ピーちゃんッ!!」

俺は涙で滲《にじ》む目を必死に擦《こす》りながら、その人に駆け寄る。夕焼けで眩《まぶ》しくその姿はハッキリとはわからない。

「あ、久住《くずみ》じゃないか」

眩《まばゆ》いブランコから聞き覚えのある声がした。

「えっ？　橘先輩!?」

なんと、ピーちゃんを保護してくれていたのは橘先輩その人だった。

えーーーー!?!?!?!?

「やっぱりこの可愛《かわい》いインコはピーちゃんだったか。ピーちゃんのアドバイスには何度も助けられたからな。すぐにわかったよ」

先輩が立ち上がる。俺よりも若干高い身長を見上げ、先輩の手の中で安らぐピーちゃんへ視線を移した。

「すみません、うっかり逃がしてしまいまして……」

「ほら、ご主人のお迎えだぞ」

先輩の両手がしっかりとピーちゃんを包んでいる。

「シャバノ　クウキ　カクベツ」

ピーちゃんをそっと受け取る。やっと戻ってきてくれたピーちゃんがとても愛《いと》おしい。

「もう逃げないように、しっかりと見張っておくんだぞ」

「は、はい。気を付けます」

ピーちゃんが戻ってきた安堵《あんど》感《かん》で、それまで目に入らなかった先輩のフリルスカートに意識が向いた。

ふおおお、やっぱ私服の先輩は何度見ても破壊力パねえええ!!　萌えええええええ!!!

「じゃあ、私は帰るからな」

先輩は颯爽《さっそう》と俺に背を向け、この場から去ろうとする。

――な、何か話さないと……！

「あ、あのっ、橘先輩！」

「ん？」

キョトンとした顔で先輩が振り返る。その顔を見た瞬間、緊張のあまり頭が真っ白になってしまった。

あ、あわわわわわわわ！

な、何か……！　何かないか……!?

「タチバナセンパイト　ツキアイタイケド　オレナンカジャ　ムリダヨナァ」

「ファッ!?」
ピ、ピーちゃぁあああああん!!!!!!
慌ててピーちゃんを両手で包み込むも、強引に隙間からするりと顔を出して首をかしげている！　とぼけたピーちゃんめ！

「いや、今のは違くてですね先輩!!　あの、何が違うのかって言われたら、上手《うま》く説明は出来ないんですけども、えっとえっと」

あまりの恥ずかしさに顔から火炎が噴き出しそうになり、自分でも何を言ってるのかわからないッ!!　口だけがパクパクと、活《い》きの良い魚のように動くだけだ！

「キノウモ　クズミハ　トテモカッコヨカッタナ……」

「ふぉっ!?」

今度は先輩が慌ててバタバタと手を振り始めた。全身真っ赤に染まり、人間紅葉の隠し芸のようだ。口がパクパクと、開いては閉じてと忙しい。

「せ、先輩……？」

　あまりの慌てぶりに、こっちは逆に冷静になってしまう。

「クズミハ　ワタシノコト　ドウオモッテ　イルンダロ……ハァ」

「うわわわわ!!　やめろ！　ピーちゃんてそんなに正確に言葉を覚えるのか!?　し、知らずにペラペラ喋《しゃべ》ってしまったぞ!!」

　滅茶苦茶《めちゃくちゃ》慌てる先輩。どうやらどうやらのまさかまさかだ。語るに落ちるとはまさにこのこと。

「ピーちゃん他には？」

「シラヌ　ゾンゼヌ　ウカガイシレヌ」

「ドライフルーツあげるから」

「コンド　クズミヲ　デートニ　サソオウト　オモウンダケド……ダイジョウブカナ？」

「うおぉぉぉぉ!!!!!!」

　先輩が地面を転がって暴れている。フリルのスカートがあっという間に砂に塗《まみ》れてゆく。見えそうで見えない。

「先輩？」

　ピーちゃんのように首をかしげる。

「ああもう、こうなったら自棄《やけ》だッ！　私は君が好きだ久住!!　言っておくが私はしつこいからな！　私の気持ちを知った以上、私と付き合ってくれるまで、死ぬまで付き纏《まと》うからな私はッッ!!」

「ふふ、大丈夫ですよ先輩。――俺の気持ちは、さっきピーちゃんから聞いたでしょ?」

「そ、そうだな。――ひゃうっ!?」

ピーちゃんを握ったまま、俺は先輩を抱きしめた。

「アイショウハ　ワルクナイゾ　ワルイノハ――」

余計なお喋りをされる前に、そっとポケットからドライフルーツを取り出し、ピーちゃんの口にねじ込んだ。

とんだ騒ぎになったけれど、結果オーライってやつにしておこう。

第一羽：センパイ　ナマエデヨンデモ　イイデスカ？

拝啓
いきなりですが、デートです。

「久住、今度の日曜日は空いているかな？」

「ええ、五百パーセント空いてます」

放課後の帰り道、先輩の制服のポケットから南国の絵が描かれたチケットが一枚飛び出した。

「プール」

先輩の可愛い笑顔が咲く。

「是非行きましょう！」

即答する俺。気分は既に南国入りだ。

「じゃあ、土曜日は水着を買いに、な」

「はへ!?」

言葉の意味が理解出来ず、遠い空へ馬耳東風しかけた台詞《せりふ》を必死で戻す。

「どっど土曜プールで日曜水着ですね、わかりました！」

「落ち着くんだ。逆になってる」

「土曜日曜でプール水着ですね、わかりました！」

「違う違う。滅茶苦茶になってるぞ？」

先輩がチケットの裏にペンでメモをとってくれる。俺とは違い字の一つ一つすら美しい。


——土曜日九時久住家。日曜十時久住家。


「ええっ!?　先輩がウチに!?」

「まあ、すぐそばだ。それにピーちゃんも連れて行きたいなって……ダメか？」

無自覚なのだろうが、あざとい上目遣いで見つめてくる先輩。

「全然オーケーですす大丈夫ですす無問題ですす余裕ですすはい」

「それは良かった」

先輩にクスクスと笑われたところで別れ道に差し掛かった。先輩に手を振り、家へと駆け込む。逸《はや》る気持ちが抑えられない。


「イェス！　イェェェェス！」

玄関でガッツポーズ。

「やったぜ！　先輩とプールだ！」

部屋の中でガッツポーズ。

「先輩の水着！　水着！　水着！」

ピーちゃんの前でガッツポーズ。

「ビールデモノンデ　リラックスシナヨ」

ピーちゃんに諭され、とりあえず一度冷静になってみる。

「あ、はい」

「今日は」

カレンダーの日付は無情にも月曜日を表している。土曜まで待てる気がしないんですけど？

「ピーちゃん、今度の土日は先輩とデートだ！」

鳥カゴに顔を近づけると、ピーちゃんと目が合った。

「テッテレー」

「やめい！」

流石《さすが》にドッキリだったら立ち直れる気がしない。

「まったく眠れる気がしない！」

そのまま夜も寝付けず、ベッドの中でずっと土日の事を考えていた。

先輩との初デート。

何もかもが楽しみすぎて、どうにかなってしまいそうだった。実際、連日寝不足が続いたが、先輩とプールに行くために気合いで耐えた。


「オキロクズドモ！　ネンネハオワリダ！」

「…………ふぇ？」

鬼教官のようなピーちゃんの声を目覚ましに、時計へと目をやる。朝日が実に眩《まぶ》しい。

「八時……八時四十分!?」

ヤバい!!

約束の九時まで時間がないじゃないか!!　楽しみすぎて眠れなくて寝坊とか、遠足前の小学生じゃないんだから!!

「久住《くずみ》ー！　迎えに来たぞー！」

「ファァァァッツ!?」

溌剌《はつらつ》とした先輩の声が耳に入ってきた。慌てて着替える。歯も磨かないと！

「先輩あと五分お待ちいただいても宜《よろ》しいで御座いますでしょうか!?」

窓から外にいる先輩へ声を掛ける。

「ああ！　私が楽しみすぎて早く来ただけだから、ゆっくりで大丈夫だぞー！」と、すぐに先輩の元気な声。

俺は急いでリードを付けたピーちゃんを頭に乗せ、階段を駆け下りた。

「おいおい女性を待たせるのは感心しないなー」

ソファでドンパチ映画を観《み》ながら寛《くつろ》いでいる姉ちゃんが、顔だけをこちらへ向けた。朝から派手な映画を観る姉ちゃんは、ちょっと俺には理解しがたい。急ぎ歯磨きを終わらせたが、朝飯は抜きだな。

「ほれ、これでも食べていけ」

「ありが――もがっ!?」

ソファで口に食パンを一斤押し込まれる。

「身だしなみには気をつかえよ！」

確かにそれは大事だ。鏡の前でキリッと姿勢を正した。食パンが邪魔であんまり見えないんだけど。

――楽しみすぎて、い、いや、

先輩の言葉を思い出しただけで顔が緩む。こう、何とも言いがたい感情が胸の奥から湧き上がって来て――。

「ゲロシチャウ？」

「吐かないって」

「何だデート如《ごと》きで緊張してるのか？」

ドンパチ映画に紛れて姉ちゃんの笑い声が聞こえた。

「まあ、ビールでも飲んでリラックスしなよ」

「それピーちゃんに教えたの姉ちゃんか！」

「正確には一緒に映画観てたら、勝手に覚えちゃったんだけどねー」

「まったく」

食パンを気合いで胃に押し込み玄関を開けると、そこにはモナ・リザも裸足《はだし》で逃げ出すレベルの、女神のような笑顔をした先輩が待っていた。

ああっ女神さまっ——。

「お、お待たせいたしました……！」

緊張のあまり声が上ずり、恥ずかしさが押し寄せる。しかし、眼前の朝日を一身に浴びた女神は、そんな俺の恥ずかしさを吹き飛ばすほどの魅力にあふれていた。

「あんまりジロジロと見るな」

「あっ、あ、すみません！」

二人、照れながら下を向く。

「センパイノミズギ！」

「ピーちゃん！」

「——！」

俺の肩で鳴くアホウドリに慌てて手を振り誤魔化すが、先輩の顔に赤みが差したのが見え、俺まで赤くなってしまった。

「い、行きましょうか」

「そ、そうだな」

二人並んで駅前のビルへ向かう。会話もそこそこに辿《たど》り着いた水着フェアの会場には、夏を感じさせる青い看板と、人気女優の等身大パネルが置いてあった。

「うわぁ」

思わず息が漏れる。

水着を選ぶカップルと目が合い、今更ながら自分はとんでもない所へ来たのだと痛感するも、そんな俺をよそに先輩は楽しそうに水着を選び始めたのだった。

「久住、どうかな？」

先輩がフリルの付いた紫のビキニを服の上から当てた。

綺麗《きれい》、美しい、ビューティフル。残念なことに俺の語彙力では今の先輩を表す言葉が出て来ない。

「センパイノ　ミズギ！　ミズギ！」

「やめい！」

隙あらば俺の痴態を暴露に掛かるピーちゃんに、慌てて「シーッ！」と指を立てた。

「カシャ　カシャ」

「カメラ音がしたぞ!?」

「ピ、ピーちゃんが！」

カメラ音の物マネを止《や》めさせるも、店員がもの凄《すご》い哀れむような目で俺を見ている。あれだ、養豚場の豚を見るのと同じ目だ。

「ご試着ですか？」

先輩が水着を持って試着室へと向かった。スッとカーテンが閉まる。

このパステルカラーのカーテンの向こう側で、先輩が脱いだり着たりしているのかと想像するだけで、こう、何とも言いがたい感情が胸の奥から湧き上がって来て——。

「お客様顔色が。ゲロですか？」

「しませんって——って姉ちゃん!?」

店員さんの顔を何度も見直す。しかし間違いなく見慣れた姉がそこにはいた。

「何で姉ちゃんがココに!?」

「いや、ココでバイトしてるから」

何を当たり前のことを、と言わんばかりに姉ちゃんが笑った。

「いやいやいや、俺が家出る時、姉ちゃんソファで映画観てたよね!?」

瞬間移動か!?

「残念だな、トリックだよ」

「わけがわからないよ」

と、首をかしげるとカーテンの向こう側から「久住」と呼ばれた。三つ並んだ試着室の一つへ駆け寄ると、カーテンの隙間から先輩の指が見える。

「着てみたけど、なんだか恥ずかしいぞ」

「見てもいいですか？」

ふと自分でも気持ち悪いくらいのニヤけ顔が、空いている試着室の鏡に映って見えたので、姉ちゃんの手前キリッと顔を引き締めた。

「二万円です」

右の試着室から出て来た女性が、養鶏場のニワトリを見るような目を俺に向けながら去って行く。

「姉ちゃん今水着の値段言ったら別な意味に聞こえるじゃないか」

「そうか？」

姉ちゃんはあっけらかんとしている。

「と言うかアッチ行っててよ」

シッシッと手で追い払い、先輩へと声を掛けた。

「変じゃないかな？」の返事と共にカーテンがゆっくりと開く。

……おぉ。

そこにはこの世のものとは思えない光景が広がっていた。モデル並みにスタイルの良い先輩が、ビキニ姿で佇《たたず》んでいたのである。

——こんなのタダで見せていただいて、本当に大丈夫なんですかッ!?

うわっ、先輩腰ほっそ。脚もスラッとしてて俺より長いし、お胸も大きすぎず小さすぎず、誰も嫌いな人いないよねっていう、絶妙なサイズをお持ちあそばされている。

そしてこの水着……！　フリルという少女らしさと、紫という大人っぽさが見事に融合しており、光と闇が両方そなわり最強に見える。

「控えめに言って最高です先輩。その水着はまさしく、先輩のために製作されたと言っても過言ではないでしょう。今年の紫ビキニオブザイヤーは先輩で決まりですよ！」

と、ここで試着室に入ろうとしていた女子高生が、養牛場の牛を見るような目を俺に向けているのに気が付き、そっと顔を引き締めた。が、時既に遅し。えーい、もうどうにでもなーれ。

「そ、そんなに褒められると照れるな」

「いえいえまだ言い足りないくらいですよ先輩」

「そうか、それじゃあこれにするかな」

試着室のカーテンが再び閉まると、俺はそっと姉ちゃんのほうへと向かった。

「お客様、明日はお楽しみですね？」

ニヤニヤとする姉ちゃんはさておき、俺は耳打ちの仕草をする。片眉を上げ応じる姉ちゃん。

「水着、安くならない？」と、ポツリ。

「一つだけ方法がある」

姉ちゃんが人差し指を上げた。

「なに？」

人差し指を向けられ戸惑う。そして乾いた笑いが漏れた。

「お前が払うんだ」

「表面上は八千円にしてやる。ひとまず差額は姉ちゃん様が立て替えておくから、ちゃんと未来のお前が利子つけて払うんだぞ？」

利子をつけてと言う辺りに引っ掛かる物を感じたが、それ以外に方法が思いつかず、俺は引きつった笑顔で快諾した。

「明日は海か？」

「プール」

「お金はあるのか？」

「チケットは貰《もら》った」

「それ以外は？　食事は？　足は？　姉ちゃんにお土産は？」

姉ちゃんにはないよ。と言いかけて止めた。姉ちゃんがこっそり財布から二万円をくれたからだ。

「十万ドルくらいポンと出せる男になれよ」

「姉ちゃん……ありがとう」

「どうせ未来のお前が返すんだ。もっと出してもいいぞ？」

やっぱり姉ちゃんのお土産はなしにしておこう。

「えー、それでは、大出血サービスで八千円となります」

レジにて「えっ?」と、先輩が驚いた。目の前にいる人が俺の姉であることは伏せてある。まあ先輩が驚くのも無理もない。セールの札も何もないからだ。しかし、安いに越したことはない、と先輩は喜んで財布を取り出した。

「先輩、俺が」

「いやいや、私の水着だ。それに久住《くずみ》も買うんだろ? よし、久住の水着は私が選んでやろう」

先輩が、俺の水着を……!

「は、はい、じゃあよろしくお願いします!」

「うむ!――これなんかどうだ?」

「……え?」

そうして先輩が俺にあてがってくれたのは、黄色の蛍光色が眩《まぶ》しい、ピチピチのブーメランパンツであった。

えーーーー!?!?!?!?

「い、いや先輩、これはいくら何でもちょっと恥ずかしいというか……」

「ふむ、そうか？――ではこっちならどうだ？」

「――！」

そうして次に先輩が取り出したるは、赤の蛍光色が眩しい、ピチピチのブーメランパンツ――。

えーーーー!?!?!?!?

何なんですか、その蛍光色とブーメランパンツへの異様なこだわりは!?

「アタラナケレバ　ドウトイウコトハナイ」

「何に!?」

赤繋《つな》がりネタ!?

「……これじゃ嫌か？」

「――!!」

ケモ耳が生えてたらシュンと垂れ下がってるだろうってくらい、目に見えて落ち込む先輩。

――嗚呼《ああ》！

「い、いえいえ、全然これで大丈夫です！　むしろこの水着以外考えられません！　こんな俺の好みドストライクな水着を選んでいただけるなんて、先輩の慧眼《けいがん》にはつくづく感服します！」

「そ、そうか！　ふふ！　そんなに褒めても何も出ないぞ、もうッ！　ふふふふふ！」

ケモ尻尾が生えてたらブンブン振り回してるだろうってくらい、わかりやすくニコニコする先輩。やれやれ、こんな顔を見せられたら、最早《もはや》何も言えないよ。

「じゃあ、俺はこれ買ってきますんで」

「いや、この水着は私に買わせてくれ」

「え？　で、でも」

「いいんだ。これは私が買うから意味があるんだ。わかってくれるな？」

「は、はい。では、お言葉に甘えて」

実質的にこれで、俺たちはお互いに水着をプレゼントし合ったことになるってわけか。図らずも、早速カップルっぽいことをしてしまったぜ。

「お買い上げありがとうございまーっしたー」

気の抜けた姉の店員《あいさつ》挨拶を背に、店を後にする。いよいよ明日はプールだ。

「で、では、また明日な」

「は、はい」

少し意識しすぎて、お互いがぎこちない。

「ピーちゃんも楽しみだね」

「ソンナニホメラレルト　テレルナ」

先輩の顔が赤くなった。

「センパイノミズ――」

ピーちゃんのクチバシに光速でドライフルーツを突き刺した。今なら早押しクイズも余裕で優勝出来るだろう。……クイズに答えられればだが。


翌日。

てっきりよくある市民プール的な施設を想像していた俺は、プールに着くなり、そのあまりにハイソサエティ感あふれる佇まいに、これでもかと気圧《けお》された。雑誌とかでよく見る、総合リゾート施設って感じだ。ペットも可らしく、今日も俺はリードを付けたピーちゃんを肩に乗せている。

「橘《たちばな》先輩、良かったんですか？　こんなに凄いプールに連れてきてもらっちゃって」

「良いんだ。チケットは父の知り合いから貰った物だからな」

なるほど。住んでいる豪邸から薄々察してはいたが、やはり先輩のご家庭は相当なセレブらしい。本当に俺みたいな庶民が、先輩の彼氏でいいんだろうか？

受付で日帰りのペアチケットを見せると、案内人が現れ奥へと通された。直通の通路は隣接するホテルと繋がっていて、客室が更衣室を兼ねているらしい。

「わっ！　凄い部屋！」

ベッドがとても大きく、シャワールームには見たことのない大きさのシャワーヘッドが備わっている。ウエルカムドリンクとフルーツが冷蔵庫に入っており、先輩と味わう。ああ、今も日本のどこかでは休日返上で仕事している、ブラック企業勤務の会社員がたくさんいるというのに、俺だけこんなに幸せでいいんだろうか。

「美味《おい》しいですね！」

「うむ」

フルーツを食べ終え、チラリと目を合わせる。

「先にプール行ってますね」

着替えを先に済ませ、ピーちゃんとプールへ。赤の蛍光色のブーメランパンツなんて穿《は》いてるのは、当然俺だけなので周りの視線が痛いが、これは先輩が俺のために選んでくれたものなのだからと思うと、自然と恥ずかしさも和らぐ。

ソワソワしつつ柔軟体操をしながら身も心もほぐしていると、突如後方がざわつき出した。もしやと思い振り返ると、そこにはビキニ姿の橘先輩が――。

それはミロのヴィーナスもかくやと言わんばかりの、完成された芸術だった。昨日試着した際も感じたことだが、こうして実際にプールサイドに立つと、そのあまりの存在感に圧倒される。実際プール内で水遊びに興じていた他のお客さんたちも、何の前触れもなく降臨した女神の存在に、男女問わずただただポカンとしながら見蕩《みと》れている。

――橘先輩恐るべし。

「そ、そんなにジロジロ見ないでくれ。照れるじゃないか」

もじもじしながら身をよじらせる先輩。萌《も》えええええええ!!!

「あ、すいません！　あまりに先輩が美しかったものですから、つい……」

「フフ、本当に久住はお世辞が上手だな」

　いや、一ミクロンもお世辞な要素はないですけど。

「だが、久住の水着もよく似合っているぞ。やはり私の見立てに間違いはなかった」

「あ、そうですか。それはどうも」

　恍惚《こうこつ》とした表情を浮かべながら、俺の全身を撫《な》で回すように見つめてくる先輩。ひょっとして先輩って、ただの蛍光色ブーメランパンツマニアなのでは？

「じゃあ、せっかく来たんですし、早速泳ぎましょうか」

「うむ！　今日はとことん遊び尽くすぞ！」

　子どもみたいにはしゃぐ先輩を見てるだけで、俺まで心がポカポカしてくる。そんなにプールが楽しみだったんですね。

「ヤレヤレ　コノドンカンケイラノベシュジンコウガ」

「急に何!?」

　たまにピーちゃんのツッコミは、よくわからないことがあるな。

　けん玉の腕が相当アレだったこともあり、先輩の泳ぎに若干の不安を抱えていた俺だったが、思いの外先輩の泳ぎは達者だった。むしろプロ級と言っても差し支えないレベルだ。

そのあまりに美しいフォームに、またしてもギャラリーの視線は先輩に釘付《くぎづ》け。よく考えたら、元々先輩は学校内では文武両道で通っていたのだし、運動神経自体は悪くないのだろうな。ただ、手先だけは病的に不器用なだけで……。その証拠に、プール内でビーチボールで遊んだ際は、いつもの「うどりゃあああああッ!!!!」という雄叫《おたけ》びとともに、百八十度真逆の方向にボールをブッ飛ばしていた。ここまで来ると、最早一つの才能だな。


そうこうしているうちに、時間はあっという間にお昼に。

「先輩、そろそろ一旦昼休みにして、ランチにしませんか?」

「うむ、私もちょうどそう思っていたところだ」

プールからあがると、先輩と二人で売店が立ち並ぶコーナーへと向かう。

「ココナッツドリンクは如何《いかが》ですか?」

その中の一つの、ハワイアンな雰囲気を醸し出す店で声を掛けられた。アロハシャツの売り子さんがサングラスをずらすと、それは何と姉だった。見間違いかと思い、目を擦《こす》ってからもう一度よく見てみると、やはり姉だった。『女偏』に『市』で『姉』だった。姉と見せかけて実は妹……?――いや、姉だった(そもそも俺に妹はいない)。

「なぜ姉ちゃん?」

先輩が回っているケバブ肉に気を取られている隙に、姉ちゃんに話し掛ける。

「楽しんでるか？」

「いやいや、なんでここに？」

「バイト」

なんという偶然だろうか。

確かに何処《どこ》のプールかは言っていなかったが……。

「ウチのオススメメニューは断然これだ。これを選んでおけば間違いないぞ」

「えっ!?　なになに？」

「アゴが外れるくらいの馬鹿デカいバーガーだ」

「わお」

「ついでに赤マムシドリンクも付けてやる」

「それはいらない」

「バレないようにこっそりバーガーに挟んでやるよ」

「やめてよ」

想像するだけで気持ち悪い。

「青マムシにする？」

「いらないって！」

何その謎のマムシ縛り!?

幸い先輩もアゴが外れるくらいの馬鹿デカいバーガーを大層気に入ってくれ、それを二人前購入した俺たちは、プールサイドに並ぶ白いテーブルに腰掛けた。

——が、不意に先輩はポシェットからタバスコを取り出すと、アゴが外れるくらいの馬鹿デカいバーガーの中へ、これでもかと振りかけたのである。

先輩!?

「先輩、それ……」

「マイタバスコだ」

ドヤ顔をキメる先輩。

「か、辛いの好きなんですね」

「ああ。自慢じゃないが激辛は得意だぞ」

「俺もですよ先輩」

先輩に良いカッコをしたくて、咄嗟《とっさ》に背伸びをしてしまった。

「そうか！　なら私が考案した特製シュークリームを試してみるか？」

「え？」

先輩がポシェットから謎の赤い物体を一つ取り出した。

「それは？」

「マイキャロライナリーパー」

良くわからない赤い木の実？　が目の前で揺れている。

「これを割って中に激辛ソースをしこたま詰めるんだ。美味しいぞ？」

「――！」

ここは、乗っておくべきか？

「ユウキトムボウヲ　ハキチガエルナヨ　コゾウ」

「――!!」

ピーちゃん――！

「……止《や》めておきます」

「ふむ、そうか。美味しいんだがな」

ピーちゃんのアドバイス通り、ここは恥を忍んで撤退を選択しておくことにした。この時の俺の判断が、当時まだ無名の若僧だった諸葛孔明《しよかつこうめい》を軍師にむかえるために、三回も訪問した劉備玄徳《りゆうびげんとく》並みのファインプレーだったことを知るのは、まだ先の話である。

腹も膨れた俺たちは、このプールの目玉という触れ込みの、ウォータースライダーを訪れていた。

「ううむ、これは中々に高さがあるな……。行くぞ久住《くずみ》！」

「は、はい！」

先輩と縦に並びながら一緒に滑り降りると、思いの外スピードがあり、俺は狼狽《うろた》えた。

「ヒエーッ！　先輩俺怖いのダメなんですよ……！　ウワーッ！　先輩俺……！　アーッ

アーッ！　回る！　ウォーッ!!」

滑り落ちた先のプールからあがると、俺たち二人が滑っていた時の写真が画面に映っていた。先輩が白目を剝《む》いて気絶してるように見えたけれど、きっとカメラの性能が先輩の美についていて来れなかったのだろう。うん、そうに違いない。

「先輩、あれは……？」

流れに勢いのあるプールが見えた。看板には『流されるプール』と可愛《かわい》らしい文字で書いてある。見ればオジサンが二人、目の前を流されていった。そういうことか？

「先輩、流れるプールですよ、行きましょう！」

「ああ」

直《す》ぐそばで貸し出していた浮輪を先輩に手渡し、流されるプールに入る。

「先輩大丈夫ですか!?」

「う、うむ、問題ない」

思った以上に流れが速く、気を抜くと体を持っていかれそうだ。現に目の前をまたオジサン二人が溺れながら流されていった。

「キャーッ！」

叫び声がし、見れば監視員さんが長い柄の付いた網を持って何やらプールの中を掻《か》き回していた。網を引き上げると、中には水着が――。もしかして、流されるプールって、そういう意味でもあるの？

先輩の水着が危険だ……!!

「先輩、本当に大丈夫ですか!?」

「ああ！　段々とだが慣れてきたぞ！」

先輩の後ろで、水着を流されたオジサン二人が恥ずかしそうにプールから逃げ出していた。いや、何その誰得なサービスシーン……。

「――おおっと！」

「先輩！」

バランスを崩し水を大きく被《かぶ》る先輩に、慌てて手を伸ばす。間一髪手を摑《つか》み引き上げた。

「ありがとう、助かったよ」

「良かったです……」

先輩が無事で、本当に良かった。

「そろそろ上がろうか。ココは流れが速いから、向こうにしよう」

「ええ」

先輩がプールからあがる。

――しかし、俺はまだ流れに身を任せていた。

「どうした？」

「先輩……俺の水着が流されました」

いやだから、誰向けのサービスシーンなんだよこれは……。

「橘《たちばな》先輩、今日は本当にありがとうございました」

「いやなに、私から誘ったのだからな。むしろ付き合ってくれて、こちらこそ感謝してるよ」

沈む夕陽《ゆうひ》を背に、プールを後にする俺たち。いろいろ思う所はあったものの、何だかんだ楽しかったというのが偽らざる本音だ。――次にこのプールに来る時は、自分で稼いだお金で先輩を誘いたいな。

「では、私はここで」

「あ、はい」

別れ道に差し掛かり、軽く手を振って俺に背を向ける先輩。

「イイノコシタコトガ　アルンジャナイカ　コゾウ」

「――！」

ピーちゃん――！

「あ、あの、橘先輩！」

「ん？」

キョトンとした顔で先輩が振り返る。俺は今日のデート中、ずっと言いたくても言えなかったことを、勇気を振り絞って口にする。

「今後は橘先輩のこと、『凜緒《りお》先輩』って、名前で呼んでもいいですか?」

「――!」

先輩が、無言で大きく目を見開いた。

――そして、

「フフ、何だそんなことか。――そんなの、いいに決まってるじゃないか。私たちは、恋人同士なのだからな」

満面の笑みでウィンクを投げかけてくれる先輩。

「り、凜緒先輩……」

「……私も久住のことは、これからは『優斗《ゆうと》』って呼ばせてもらうな」

「――!!」

うおおおおおおおお!!!

凜緒先輩からの、下の名前呼びの破壊力パねえええええ!!!

わが生涯に一片の悔いなし!!

「だが、学校では呼び方はいつも通り……な?」

「え?」

せ、先輩?

「……ほら、私は学校ではいろいろと、その、アレだろ?」

「ああ」

凜緒先輩の言いたいことがわかった。先輩は言わずもがな、学校では熱狂的なファンが多数いる、超人気者。そんな先輩と付き合っていることがバレたら、俺がそのファンたちから何をされるかわかったものじゃない。例えば嫌がらせで、鞄《かばん》にコンブやモズクや増えるワカメといった、ありとあらゆる海藻を詰め込まれてもおかしくはないだろう……。先輩は俺の身を案じて、こう言ってくれてるんだな。

「わかりました。学校では今まで通り、ただの先輩と後輩ということにしましょう」

「……すまないな」

またしてもエアケモ耳をシュンとさせてしまう先輩。

「いや、俺はホント、全然大丈夫ですからマジで！」

「フフ、ありがとう、優斗」

「──！」

夕陽をバックに微笑《ほほえ》む凜緒先輩は、涙が出そうになるほど美しかった。

「タイヨウニ　ホエロ」

「……」

台無しだよピーちゃん。

「ただいまー」

「おう、おっかえりー。プールどうだった?」

姉ちゃんがニヤニヤと怪しい顔をしている。

「いやぁ、お金持ちが行くような凄《すご》い所だった。部屋も凄くてさ」

「でしょ?」と自慢気な姉ちゃん。

「で?」と、目がニヤけている。

「でって言われても……」

「何かあるでしょ。てかあったでしょ」

そう言って口をとがらせた。

「なんも」

「なんもー!?」

表情がコロコロ変わって忙しそうだ。

「うん」

「はぁ!?」

「ない物はないんです!」と、バッサリ。

「センパイオレ　アーッアーッ　マワル!　ウォーッ!」

ピーちゃんが俺の真似《まね》をした。が、何処《どこ》でそんなことを言ったのか記憶がない。

「あったやん」

何故《なぜ》か西寄りの口調になる姉ちゃん。

「あったですやん先輩」

先輩言うなし。

「いやいやいや。あ、これウォータースライダーの！」

思い出したが恥ずかしい。

「いやいやいや。どう聞いてもこれ、アレですやん先輩」

アレ言うなし！

「センパイ　ナマエデヨンデモ　イイデスカ?」

「フーッ！　やるねぇこのこの！」

「ややこしくなるからピーちゃんは黙ってて！」

ていうかあれとそこを繋《つな》げないでよ！

第二羽：オレオレ　オレダヨネーチャン

「フフフ」

その日の夜、優斗から向けられた笑顔が今でも私の鼓動を速めている。部屋で一人、あと優斗に選んでもらった初心者用のけん玉。けん玉を見つめるたび、思わずニヤけてしまう。


――橘家の長女として生まれた私は、幼い頃から全てにおいて完璧を求められた。

だが、元来私はただの凡人。人より秀でた才能など一つもないのだ。その証拠に、必死に勉強したにもかかわらず、第一志望だった有名私立高校には落ちてしまった。そして近くの公立高校へと進学。

失敗を恐れ、普段から人目を忍んで練習や努力をしたところ、他人からは努力せずとも何でも出来る秀才と捉えられてしまう。それにより失望を恐れ、更に人目を忍んでの努力が増える。その結果何とか生徒会長にはなれたものの、それはたまたま運が良かっただけで、決して私の実力ではない。実力と世間の評価とのギャップに、苛《さいな》まれる日々が続いた――。

――そんなある日だった。

何気なく通りかかった近所の公園で、けん玉の練習に勤《いそ》しむ一人の少年を見掛けた。何度も失敗し、それでも楽しそうにけん玉をする少年に、私は何故か胸が締め付けられる思いがした。私はそっと公園を後にする。


その数日後、どうしてもあの時の少年のけん玉をする姿が頭から離れなかった私は、あの公園にもう一度赴く。……が、そこには少年の姿はなかった。

「そりゃそうだよな……。――ん？」

あの時少年が立っていた場所に、一つの古びたけん玉が落ちていた。

「これは……」

あの少年の落とし物だろうか。試しに少年を真似てけん玉をやってみるが、微塵《みじん》も上手《うま》くいかない。意地になり何度も挑戦するがそれでも出来ず、思わずけん玉を地面に叩《たた》き付けそうになった。その瞬間、受験に失敗した時のクラスメイトの隠れて笑う顔と声を思い出し、涙があふれてくるも、楽しそうにけん玉を練習する少年の姿が目に浮かび、自分に一番足りなかったものがやっとわかった気がした。私はけん玉をそっと地面に戻し、その場から去った。

「ほっ、よっ、はっ」

「――!!」

その翌日の昼休み、私は校舎裏であの少年がけん玉の練習をしている場面を目撃し、全身に衝撃が走った。同じ学校の生徒だったのか……。

――これはきっと運命だ。

「す、凄いな君！」

「え？」

気づいた時には、私は少年に話し掛けていた。

――これが私と優斗との出会いだった。


「優斗、昨日は楽しかった。ありがとう」

「いえいえ、こちらこそありがとうございました」

次の日の夜、電話越しに優斗と話す。

九時に電話をくれると言っていたので、テレビドラマを観《み》つつも、ずっと電話のほうを気にしていた。おかげでドラマの内容がほとんど頭に入らなかった。

「すまんが今自分の部屋じゃないんだ。一旦保留にして部屋で受話器取るから、少しだけ待っていてくれ」

「えっ!?　凜緒先輩、今何処ですか？」

「ん？　リビング……」

「………………」

電話の向こうで優斗が固まるのが手に取るようにわかった。

「部屋じゃなくてすまん。コードが繋がってるから……」

「もしかして、昔のカールしてるコードですか？」

「そうそう」

「ダイヤルを回してジーコジーコするやつですか!?」

「そうそう」

何故か優斗のテンションが高くなっていく。

「い、色は!?」

「黒」

「オーパーツじゃないですか!!」

「……？」

オーパーツは意味が違うと思うな。

「まあ、そういうわけだから、私は部屋に移動するんで一旦保留にするぞ」

「了解です！」

電話を保留にし、鼻歌交じりでスキップしながら自室に向かう。フフフ、黒電話くらいであんなにはしゃいで。優斗《ゆうと》は本当に可愛《かわい》いな。

「フッフフッフフーン」

自室に入りしっかりと鍵を掛けると、コホンと軽く咳払《せきばら》いをしてから受話器を取った。

「もしもし？」

「オレオレ　オレダヨネーチャン」

「ピーちゃんはお静かに願います」

「フフ……」

お約束というやつか。

「すみません先輩」

「いや、いいんだ。ピーちゃんは変わりなく元気か？」

「はい、それはもう。元気すぎて、いつまた脱走するんじゃないかって冷や冷やしてますよ」

「ハハハ」

ピーちゃんの話をしている時の優斗は、心底に幸せそうに声を弾ませている。本当にピーちゃんが好きなんだな。——ちょっとだけピーちゃんに嫉妬してしまう。

それからしばらくとりとめのない話で盛り上がり、気づけば随分遅い時間になってしまった。名残惜しいが、そろそろ切り上げるか。

──最後にこれだけは言っておかないとな。

「優斗」

「はい？」

「君といると新しい発見や気づきがある。痛いくらいにな」

「……え？」

「ありがとう。話せて良かった。また明日」

「え、ええ……」

「おやすみ。明日、何か手料理を作って持って行くよ」

「マジっすか！　楽しみにしてます！　それじゃおやすみなさい」

受話器を置き、ふと宙を見つめる。うん、サラダなら大丈夫だろう。

誰かに手料理を食べてもらうのは、いつ以来か……緊張で少し手が震えるな。

だが、優斗の喜んでくれる顔を想像するだけで、思わず口角が上がるのを抑え切れない私だった。

第三羽：ビールデモノンデ　リラックスシナ

急にバイトのシフトが変わり、一日が空いてしまった。ふて腐れて取り出したビールは既に三本目。夕焼けの空に電車の音が聞こえ始めた頃、ソイツはやって来た。

ベランダの手すりにもたれ掛かるわたしの隣にチョンと降り、首をカクカクとさせてジッとこっちを見ている。

「小鳥？」

「ピーチャン　ピーチャン」

ポケットからスマホを取り出して『喋《しゃべ》る　小鳥』で検索。すぐにインコだとわかった。

「へぇ、ピーちゃんっていうんだ」

「センパイノ　テリョウリ」

「なにそれ、変なの」

思わず笑ってしまった。きっとコイツの飼い主は愉快な奴《やつ》に違いない。

「飼い主が捜してるんじゃない？　戻らなくていいのかい？」

黄色の小さな体に夕焼けの色が差した。また明日からバイトかと思うと、気分が重い。

「バイバイ」

部屋に戻り手を振ると、インコは何処《どこ》かへと飛んでいってしまった。

「ねえ、アンタは今幸せ？」

次の日退屈なバイトが終わり、ベランダでまたインコを見かけたので、窓を開けて話し掛けた。缶ビール片手に、インコの向こう側に見える夕焼けが眩《まぶ》しい。

「ビールデモノンデ　リラックスシナ」

「してるよ。つまみはバイト先の先輩から貰《もら》ったサラダだよ」

密閉容器の蓋を開けると、不思議な匂いが広がった。何とも形容しがたい、言葉に困る匂いだった。薄緑色の液体が全体にかかっている。

「なんのドレッシングだろ？」

「ブタノエサ！　ブタノエサ！」

インコが翼を広げて声をあげた。

「失礼なピー子だな」

「ピーコ　ピーコ」

「ハハ、すぐに憶《おぼ》えるから楽しいなお前は」

一口かじる。すぐに異常を報《しら》せる脳のアラームが鳴った。「緊急事態発生!!　緊急事態発生!!」と二頭身サイズの大勢の私が、あたふたしながら脳内でパニックになっている。

「カッッッッライ!!　そしてマッッッッズ!!　何だこれ!?」

吐き出したい衝動を抑え、ビールで胃に流し込む。

「ビールの味が負けてる」

舌の感覚がない。先輩も貰ったと言っていたが、これは一体何なのだろうか？　あれか？　世界一臭い缶詰とか、アレの類いか？

「オマエハモウ　シンデイル」

「勝手に殺すなし」

キリキリと痛み出したお腹《なか》を擦《さす》りながら、このサラダに一体何が起きたのか、ジッと睨《にら》んで考えるも、その答えは出なかった。

「無理」

サラダを諦め、冷蔵庫から二日前に買った豆腐を取り出す。冷えた豆腐がビールによく合う。ベランダからは外の景色がよく見えた。

アパートの三階から遠くを眺めていると、それだけでこの世界がしょうもない気がして、少しだけ気が紛れる。

「ピー子の家はどこ？」

「ピーチャン！　ピーチャン！」

「そう怒るなって」

笑いながら豆腐を一欠片《ひとかけら》、口に入れる。

「知らないおねえさんと宜《よろ》しくやってるなんて知ったら、飼い主もビックリするだろうな」

ピー子との時間は、何というか、素直に楽しかった。


――高校生の頃、キラキラした瞳で将来の夢を語る連中が苦手だった。奴らは夢がない人間を、さも可哀想《かわいそう》な奴とでも言いたげに、同情を滲《にじ》ませた目で見てくるのだ。でも、わたしに言わせれば、世の中夢のある人間のほうが珍しいと思う。ましてや、高校の時抱いた夢を、大人になってから実際叶《かな》えられる人間がどれだけいるというのか。そう考えたら、馬鹿馬鹿しくてとても夢なんか持てるはずもなかった。

高校を卒業した後、逃げるようにアパート暮らしを始めるも、仕事が長く続かずに塞ぎ込んでいた。元々やりたい仕事じゃなかったし、今思えば続かないのは至極当然のことだった。食い繋《つな》ぐためアルバイトを始めたけれど、退屈な日々を送っていた。

ピー子はそんなわたしの前に現れた天使なのだろう。

飼い主はいるのだろうか？　迷子なのだろうか？　可愛い小鳥を目の前に、ふと見ると鏡に映るわたしは普通に笑っていた。こんなに心から笑ったのは、いつぶりだろう。

「そろそろ帰らないとご主人が心配するぞ。バイバイ」

手を振ると、ピー子はすぐに飛んでいった。

――横から黒い鳥が飛んできた。カラスだ。

ピー子の後ろを追いかけるカラスを見て、わたしはすぐに外へ出た。

「ピー子！」

二羽を見上げて声をあげた。

「ピーちゃん！」

隣の家から男の子が走って来た。

ようやく飼い主登場らしい。見たところ高校生だろうか、顔に幼さが少し残っている。

ピー子は飼い主を見つけると、すぐにその手へ降り立った。カラスはピー子を追うのを諦め、屋根に止まって「カー」と鳴いている。

「ピーちゃん鳥カゴどうやって開けたの!?」

飼い主がピー子を優しく包む。

「アノテイド　アサメシマエヨ」

どうやら器用に脱走したらしい。中に人入ってるんじゃあるまいか？

「おーい！　優斗ー！」

今度は長身の女の子が現れた。

「あ、先輩」と男の子。どうやら知り合いのようだ。

どう見ても共通点のなさそうな、対極に位置している二人だが、その顔には見知った以上の何かが窺《うかが》えた。これは――。

「ピーちゃんが――」

と男の子が言い、わたしと目が合った。そう言えば初対面だ。

「シラナイオネエサント　ヨロシクヤッテイタナンテ　シッタラ　ビックリスルダローナ」

「「「――!!!」」」

ピー子の一言で場が凍り付いた。

女の子は「ハハ」と笑っているが、瞳の奥は永久凍土の地の如《ごと》くブリザードが吹き荒れている。

男の子が慌てて「何もないです何もないです!!」と無実を証明している。

「優斗……まさかこちらのお方と浮気を？」

猛禽類《もうきんるい》を彷彿《ほうふつ》とさせる鋭い眼光がこっちへ向けられた。おお怖い怖い。

「じゃあね、ピー子」

「チャオ」

ピー子に手を振りアパートへと戻る。

後ろから怒声と絶叫が聞こえたが、何となく誤解は解かないほうが良いかなと思い、そのままにしておくことにした。

「先輩もげます！　ていうかもげてます！」

「大丈夫だ！　人間は六割から七割が水分なんだ！　少しくらい出ちゃっても何てことない！」

何ていうか、平和だな。悩んでるのがアホ臭くなるほどに。帰ったらビールでも飲もう。お気に入りのチーズもやろう。

そしてインコでも飼ってる夢を見よう。それがいい。ついでに先輩から貰った災害級サラダもあの子にあげようかな。うん、そうしよう。リア充は苦しむがいいさ。

第四羽：デ　アジハ？

この間ピーちゃんを助けようとしてくれた近所のお姉さんが、俺に毒をくれた。いや、正確にはサラダ？　だったのだけれども、味と臭いがどうにも毒だった。何をどうやったら一般人があんな毒物を作れるのだろうか？　口の中の惨劇を過去の物にするため、今日も俺は元気に学校へ向かう。

「いてて」

そして無実の罪で凜緒《りお》先輩にメチャクチャにされた体をいたわりながら、重い足取りで校門をすぎる。

「ほら！　さっさと出さないと遅刻扱いにしますわよ！」

ヤバ、風紀委員の抜き打ち検査だ。不運にも風紀委員にマシンガンを突きつけられた男子生徒が、鞄《かばん》を開けている。中からアイドルの写真集が出て来たようだ。

「お渡しッ！　没収！」

ポイと投げられた写真集は、綺麗《きれい》な放物線を描き、四トントラックの荷台にポンと乗っかった。既に四トントラックには大量の没収物が積まれている。

「ごきげんよう」

恐ろしい風紀委員の傍《そば》を「おはよう」と凜緒先輩が普通に通りすぎる。

笑顔で手を振る緑髪の風紀委員。先程から没収祭りを繰り広げているのは風駒《かぜこま》はる先輩だ。

「へへ、フリマアプリで売ったらいくらになるのかしら？」

よだれを垂らしそうな顔でそろばんを弾《はじ》く風駒先輩。風紀委員がそんなことして良いのだろうか？

「次！」と、風駒先輩が右手のマシンガンを俺に向けた。今この場で一番風紀を乱しているのはこの人に間違いない。そもそも何故《なぜ》一介の女子高生がマシンガンを所持している？

「鞄をチェックしますわ！　拒否権はありませんことよ！　黙秘権は母親のお腹の中にちゃんと置いてきましたわね!?」

ここまで振り切れているといっそ清々《すがすが》しい。

「まあ、大した物入ってないですからいいですけど」

鞄を開けて中を広げる。そしてグイと風駒先輩に見せると、不思議そうな顔で鞄の中へ手を入れた。

「何かしら？」

手には見慣れた鳥類が握られている。

――ピーちゃんだ。

「セイヨクヲ　モテアマス」

「凜緒、おはよう」

「何だインコね――ってインコォォ!?」

お手本のようなノリツッコミ。

「すみません、どうやら忍び込んでたみたいでして」

「これは風紀委員で預かりますわ！」

「えっ？」

「ベンゴシヲ　ヨンデクレ」

ピーちゃんが風駒先輩に没収されてしまった。ま、まあ、確かに学校にペットを連れてくるのはマズかったよな（勝手についてきたんだけど）。放課後になったら迎えに行こう。

……ピーちゃんはフリマアプリで売られないよね？

「久住《くずみ》、この前渡したやつはどうだったかな？」

「え？　あ、ああ、あれは……」

先輩が作ってくれた手料理のことだ。

しかし、俺はそれを食べていない。実に由々《ゆゆ》しき問題である。犯人は姉ちゃんだ。奴《やつ》は俺が冷蔵庫に入れていた先輩の御料理を、根こそぎ失敬しやがったのだ！　だから中身も知らないし、当然食べてないなんてことが知られたら、またグチャグチャにされて体からいろんな液体が出てしまう。ココは誤魔化すしかないのだ。

「お、美味《おい》しかったですよ！」

「そうかそうか」

満面の笑みでうんうんと頷《うなず》く先輩。くうう、罪悪感で胸が痛いぜ……！

「と、ところでな、今日はその、クッキーを作ってきたんだ。よかったらこれも食べてくれないか？」

「えっ!?　先輩の手作りですか!?」

おお！　これで期せずして先輩の手料理をいただくチャンスが、再度巡ってきた！　今度こそこのチャンスを逃がしてなるものか！

もじもじしながら先輩が手渡してきた御《お》クッキー様は、ピカソのキュビズムを彷彿とさせる歪《いびつ》な形をしていた。ま、まあ、大事なのは味だから……。

「いただきます」

「う、うむ！」

ソワソワしている先輩を横目に、一枚の御クッキー様を頬張る。

――すると。

「――っ!?!?!?!?」

口の中に激痛が走った。まるで無数のスズメバチが口内で暴れ回っているかのようだ。

――だがこの味には覚えがある。そう、まさしく近所のお姉さんから貰《もら》ったサラダの味そのもの。――つまり毒ということ。……何ということだ。よもやあのサラダこそが、凜緒先輩が俺のために作ってくれた手料理だったのだろうか？　今思えば、容《い》れ物の形も同じだった気がする。姉ちゃんが奪ったサラダが、どういう経緯で近所のお姉さんの手に渡ったのかは謎だが、結果的に俺は先輩の手料理を既に食べていたということらしい。嬉《うれ》しい半面、先輩は料理面でも暗黒的に不器用だということが判明し、何とも複雑な気分だ……。

「あ、味はどうだ、優斗《ゆうと》？」

「――！」

捨てられた子犬みたいなうるうるした目で訊《き》いてくる先輩。くうう、そんな目で見られたら……！　しかも学校では名字で呼ぼうって言ってたのに、名前で呼んでる。つまりそれくらい余裕がないってことか。

――ここは。

「と、途轍《とてつ》もなく美味しいです……」

「おお！　そうかそうか！　フフフ、私もやれば出来るものだな！　フフフフフ！」

嬉しさを堪《こら》えきれずニヤニヤしている先輩を見られただけでも、我慢した甲斐《かい》があったというものだ。

「では、今度はお弁当を作ってきてやるからな！」

「えっ!?　お、お弁当ですか!?」

つまりあの災害級の毒が、おかずの数だけ製造されるということ――！　そ、それはマズい！　そんなものを食べたら、今度こそ舌が爆発してしまうかもしれない――。

「……ひょっとして、迷惑か？」

「――!!」

またしても凜緒先輩が、うるうるアイで見つめてくる。

嗚呼《ああ》ーーー!!!!

「迷惑だなんて滅相もない。死ぬほど楽しみにしていますよ」

「そうか！　じゃあ、腕に縒《よ》りを掛けるからな！」

腕まくりをしながらフンスと鼻息を荒くする先輩。

「誰かにお弁当をあげるのは初めてなんだ。……その相手が優斗で、私は嬉しい」

「り、凜緒先輩……！」

先輩の天使のような笑みを見ていたら、先輩のお弁当で天国に行くのも悪くないかもしれないと思えてくる。思わず先輩を名前で呼んでしまったのも、さもありなんといったところだろう。


――そして迎えた放課後。

「いいですこと？　二度と風紀を乱すんじゃありませんわよ？」

「は、はい、すいませんでした」

マシンガンを眉間に突き付けられながら、風駒先輩からピーちゃんを受け取る。こんな風紀の守らせ方ある？

「シャバノ　クウキ　カクベツ」

実感籠ってるなあ。俺はいそいそとピーちゃんを鞄に仕舞った。

「それではわたくしは帰りますが、決して後をつけてくるんじゃありませんわよ？」

「は、はあ？」

そう言うなりそそくさと帰って行く風駒先輩。そう言われると逆に気になってしまうのは、人間の性《さが》というものだろう。とはいえここで下手に好奇心を出せば、痛い目を見るのが世の常。好奇心は猫を殺すとも言うしな。ここは大人しく帰るとしよう。


「あれ？」

が、何の因果か帰り道の途中、空き地で何かもぞもぞやっている風駒先輩を見掛けた。風駒先輩、しゃがみ込んで何やってるんだろ？　よくよく見ると、風駒先輩の手には大量の草が握られている。いったいあんなものを何のために……？　流石《さすが》に好奇心を抑えきれなくなった俺は、空き地から立ち去る風駒先輩の後をつけた。

どうか好奇心に殺されませんように。


「ココが風駒先輩の家？」

そこは家というか……廃墟《はいきょ》だった。

「姉ちゃんお帰り！」

「帰りに草生えてたから摘んできたわよ～」

「わーい！」

何やら賑《にぎ》やかな声がした。

ちょいと中を覗《のぞ》こうとして、出て来た風駒先輩とバッタリ目が合った。

し、しまったあああああ!?!?

「見ましたわね!?」

「すみませんすみません！」

「風紀委員たるわたくしの家がクッソ貧乏だと知りましたわね!?」

うわああ、好奇心に殺されるううう!!!

マシンガンを突き付ける風駒先輩。

「すみませんすみません！」

ここはもう、平身低頭して許しを請うしかない！

「どうせこのマシンガンもお下がりですわよ!!」

……ん？　お下がり？

「姉ちゃんその人だれ？」

子どもたちがどわっと現れた。風駒先輩がシッシッと手を払う。

「もし誰かに言ったら……わかってますわよね？」

銃口がアゴについた。でもきっと弾は入っていないだろう。悲しいことに。

「わかりましたわかりました。先輩が没収物をこっそり売ろうとしてたのは、そういうことだったんですね」

「内緒ですわよ!?」

顔を真っ赤にしながらプルプルしている風駒先輩。そんな顔をされては、俺にはもう何も言えなかった。

それにしても、意外と風駒先輩にも可愛《かわい》らしい一面もあったんだな。思いがけない収穫だ。


「あれ?」

翌朝登校すると、いつもの物々しい四トントラックがどこにも見当たらなかった。

「四トントラックから荷物を返すのが面倒になったから、これからは使い道を聞いて実際の現場に立ち会うことにしましたわ!」

いやいや、そこは『没収数が中々減らないから』とか、せめて何か尤《もっと》もらしい理由をつけてよ!　いちいち風紀の法則が乱れる……。

ニカッと笑う風駒先輩の歯には、猫じゃらしが挟まっていた。これは言ってあげたほうがいいのかな?　青のりならぬ、猫じゃらしついてますよって。

「おはよう」

爽やかな挨拶で凜緒《りお》先輩が風駒《かぜこま》先輩の傍《そば》を通った。

「凜緒」

「何だい？」

「申し訳ないですけれど、本日から違反物については使用現場まで風紀委員が見守ることにいたしましたわ。初日故に凜緒のも一応見させてもらいますわ」

「え？」

先輩の顔が僅かに曇った。もしかして、先輩何か持ってます？

「失礼」

風紀委員が先輩の鞄《かばん》を見始めた。しかしそれらしい物はなさそうだ。

「問題はないだろ？」

「そうね」

「それじゃあ。よっと」

凜緒先輩が重そうにお弁当箱を持ち直した。見ればいつもより大きい気がする。

「あ、お待ちになって。そのお弁当は何かしら？」

「普通のお弁当だが？」

「随分と重そうね。二人分ありませんこと？」

ご飯とおかずが一緒に入っているタイプのお弁当箱が二つ、布に包まれているのが見えた。もしかして、先輩早速俺にお弁当作ってきてくれたんですか？

「これは誰の分ですこと？　普段追っかけに貰ってばかりの凜緒が、一体誰の分を作ってきたというのですか？」

「つ、作りすぎただけだ。別に誰の分とかそういうのはない、ぞ？」

「じゃあ誰が食べても宜《よろ》しくて？」

風駒先輩が、滝のような涎《よだれ》を垂らしながら凜緒先輩に詰め寄る。

「もし万が一風紀に反しているものならば、わたくしの胃の中でしっかりと管理しておきますわ！」

——この人食べる気だ。

このままでは風駒先輩の舌が爆発するうえ、凜緒先輩が超メシマズヒロインだということが世間にバレてしまう……！

「じゃあ俺が食べます！　食べさせて下さい！　実はかれこれ一週間くらい何も食べてなくて、腹が減って今にも餓死しそうなんです！」

「う、うむ、そういうことならしょうがないな。久住《くずみ》が食べるといい。はるもそれでいいよな？」

「し、仕方ありませんわね。お腹《なか》が空《す》いているのは辛《つら》いですものね……。特別に許可しますわ！」

よかった！　風駒先輩を騙《だま》すようで気が引けるが、これも人助けのため。

「いただきます」

「うむ！　遠慮せず食べるといい！」

弁当箱の蓋を開けると、そこには地獄絵図が広がっていた。

——昭和の劇画ホラー漫画に出てきそうな見た目の、紫色のタコさんウインナー。

——ブロッコリーも何故《なぜ》か紫色だ。

——そして最早《もはや》何で出来ているのかさえ判別不能な、紫色の謎の物体X。

——見ればご飯まで紫色じゃないか。

驚異の紫率!!

「どうした？　食べないのか久住？」

キラキラした目でそう言われたら、もう覚悟を決めるしかなかった。

「いえ、いただきます……」

この中では比較的マシそうなブロッコリーを口に入れる。

——すると。

「——っ!!!」

死ぬぅ……!!

何の変哲もないブロッコリーが激痛を伴う味覚！　何で茹《ゆ》でればこうなるんだ!?　青酸カリか!?　青酸カリで茹でてらっしゃるのか!?!?

「デ　アジハ？」

それどころではない！　てかピーちゃんまた鞄の中に隠れてんな!?　頼むから出てこないでくれよ！

「あらあら、涙を流して。そんなに凜緒のお弁当が嬉《うれ》しかったのかしら～？」

先輩の取り巻きの殺意が籠った視線が痛い。そして舌からの通信が途切れた。無味だ。

「お、おいひいれふ……」

「フフフ、そうかそうか！」

白目を剝《む》いて倒れそうになるのを、必死でこらえる。味がしなくなったのを好機に、お弁当をかき込む。胃が阿鼻《あび》叫喚《きようかん》に近い悲鳴をあげているが、知らぬ存ぜぬを通しておこう。

「ご、ごひそうはまでひた……」

「あら、一つ残ってるわよ？　どれ、わたくしが――」

俺が止めるよりも先に、風駒先輩の口の中へ物体Xが吸い込まれた。

――あっ!!!

「マッッッッ――!!」

間一髪で風駒先輩の口を塞ぐ。味の感想を言われても困るし、口から出されても困る。

とにかく意識を失うまで味わってもらうしかない。

「美味《おい》しいですよね!?　ね!?」

「モッ――ファ――ンッノッ！」

風駒先輩の目に涙が溜《た》まり、そして白目を剥いた。

「はる、どうした？」

「美味しすぎて気絶したみたいです。保健室に運んでおきますね」

ガクリと意識を失った風駒先輩を慌てて抱える。そしてそのまま保健室へと連れて行く。

あまり食べていなさそうな割には、何故か風駒先輩の体はムッチリとしており、そこはかとない重量感がある。サボテンが過酷な砂漠環境に適応するため貯水組織が発達したのと同様、風駒先輩の体もいざという時のために脂肪を溜め込んでいるのだろうか？

「あー重い！　もう持てない！」

おっと、女性にそのような事を言ってはいけない。

「鉛のように軽い……ですが失礼します！」

廊下の隅に置いてあった台車に風駒先輩を乗せ、体をくの字に曲げて保健室の前へと運搬する。そして台車の上に胃薬をそっと置き、保健室の扉をノックして逃げた。

嗚呼《ああ》、今日もいい天気だなぁ。

第五羽：ココハドコ？　ワタシハダレ？

「凜緒先輩、本当に大丈夫ですか？」

「だ、だだだだだだ大丈夫だ優斗《ゆうと》。大丈夫すぎて、逆に大丈夫じゃないくらいだ」

「それはつまり大丈夫じゃないのでは？」

今日は凜緒先輩と二人で、近所の肝試し大会に来ていた。が、明らかに先輩の様子がおかしい。さては――。

「先輩って、ひょっとしてお化けが怖かったりします？」

「そ、そそそそそそんなことはないぞ優斗。お化けなど微塵《みじん》も怖くない。怖くなさすぎて、逆に怖いくらいだ」

「つまり怖いんですね？」

変な意地を張る必要ないのに。今更先輩の弱点が一つや二つ判明したところで、俺は何とも思わないですよ。――むしろより萌《も》えるまである。

「う、うううううぅ……！　すまん優斗！　ホントは死ぬほど怖いんだぁ！」

半泣きになりながら俺にしがみついてくる先輩。あっ、何か柔らかいものが当たってる。キュン死して俺がお化けになりそう。

「大丈夫ですよ先輩、俺がついてますから」

「ゆ、優斗……！」

こんな時くらいは、彼氏らしいところを見せないとな。

「ああ、頼りにしてるぞ！」

ヒマワリみたいな満面の笑みを投げかける先輩。――守りたい、この笑顔。

因《ちな》みに今日の先輩の私服は、いつにも増してリボンまみれだった。後ろから見ると完全にリボンが歩いているようにしか見えない。ある意味先輩がリボンのお化けみたいだ。俺の視線に気付いたのか、先輩は、

「フフ、これか？　リボンには魔除《まよ》けの効果があると、昔読んだ本に書いてあったからな。ありったけのリボンを身に纏《まと》ってきたのだ！」

「初めて聞きましたけどそんな話」

その本、本当に信用出来るんでしょうね？（本だけに）

……まあ、いいか。

「先輩、そろそろ俺たちの番みたいです。行きますよ」

ルールは二人一組で暗い山道を歩き、目的地の古いお寺に置いてあるお札を取って帰ってくるというシンプルなもの。道中にはお化け役の人たちによるサプライズも待っているらしい。

「あ、ああ！　ばっちこい！」

そう言いつつ、俺の手を握る先輩はプルプル震えている。――守りたい、この先輩。

「んごっはあぁッッ!!!」

「先輩ッ!?!?」

「ぎょっぱあぁぁッッッ!!!!!」

「先輩ッッ!?!?!?」

が、いざ歩き出してみると、ゾンビや幽霊の格好をした方々が暗がりから出現するたび、お化け役の人が引くくらいの奇声を先輩が上げるので、最早どっちがお化けなのかわからないくらいになっていた。

「ん、んぶぶぶぶぶ〜。もうヤだぁ」

「先輩……」

遂《つい》には先輩は泣き出してしまった。ホントに怖いのが苦手なんだな。

「先輩、ここならお化けは出ませんよ。ここで少し休みましょう」

見晴らしのいい場所に先輩を誘導する。低い茂みがいくつかあるものの、人間が隠れられるスペースはない。ここなら安心だろう。

「ひっく。ひっく。ホントに？　ホントに大丈夫か？」

顔を両手で隠しながら、念入りに確認してくる先輩。

「はい、本当に大丈夫ですよ、凜緒先輩」

俺は先輩の頭を、よしよしと撫《な》でてあげる。

「ホントだな？　ホントに大丈夫なんだな？」

「はい、本当の本当に大丈夫です、凜緒《りお》先輩」

「ホントだな？　ホントに優斗は私のことが好きなんだな？」

「はい、俺は本当に先輩のことが――」

ん？　何かおかしくなかったか、今？

「どうなんだ!?　ホントに私のことが好きなのか、優斗!?」

「あ、は、はい、もちろんです。俺は先輩のことが大好きですよ」

「私もだ！　私も優斗のことが大好きだぞッッ!!」

「あ、それはどうも……」

何かどさくさに紛れてただの告白大会になってませんかこれ!?　果たしてこれはただ単にテンパってるからこうなっているだけなのか、それとも……。

「「――!!!」」

その時だった。低い茂みが、ガサガサと急に揺れ出した。なっ!?　あんな小さな茂みに、人間が隠れられるわけがない――！　もしかしてマジのお化け……!?

「ヒイイイィィィ!!!　何の音だこれは優斗!?!?　ジェイソンか!?　ジェイソンが来たのか優斗!?」

依然として顔を両手で隠しながら、恐怖のあまりパニックになる先輩。

「落ち着いてください先輩！　ここは日本です！　少なくともジェイソンではないと思いますよ！」

とはいえ、人間でないのも確か。くっ！　どんな化け物が出てこようが、先輩のことだけは命を懸けてでも守る――――！

「キシャー」

「「っ⁉⁉⁉」」

が、次の瞬間、茂みから小さな謎の物体が飛び出してきて、奇声をあげながら先輩の背中のリボンの群れに入っていった。い、今のは――――⁉

「ぎゃああああああああああ‼‼‼‼」

先輩は絶叫しながら、白目を剝いて立ったまま気絶した。その顔は女の子がしてよい顔ではなかった（それこそ昭和のホラー劇画でよく見る顔だ）。

先ぱーーーーいッッ‼‼‼

慌てて先輩を抱きしめて支える俺。そして先輩の背中に手を突っ込み、犯人を引っ張り出す。

「ココハドコ？　ワタシハダレ？」

「ピーちゃん……」

それは案の定ピーちゃんであった。また勝手に抜け出してきたのか。ピーちゃんはこういうフリフリしたリボンで遊ぶのが大好きだからなぁ。

「あばばばばば」

「先輩……」

先輩は俺の腕の中で白目を剝いて泡を噴いている。かなり酷《ひど》い顔をしているが、どうしようもないので勘弁してほしい。

「サンチェックデス」

「うるさい」

誰のせいでこうなったと思ってるんだよ、まったく。——とはいえ、期せずしてこうして先輩を抱きしめられたのは、役得と言えるかもしれない。

月が俺たちを冷やかすように、嘲笑《あざわら》っている気がした。

第六羽：ニマンエンデス

今日は凜緒先輩と二人で遊園地デートだ！

今日は凜緒先輩と二人で遊園地デートだ!!（大事なことだから二回言った）

「凜緒先輩、アイスでもどうですか？　ここのアイスクリームは自分で盛り付けが出来るみたいですよ」

「うむ、悪くないな」

「アイスクリーム二つ」と、店員さんを見ると、そこにはどうにもこうにも見間違えようのない、だらしのない顔があった。

「なんで姉ちゃんがココに!?」

「見ての通りバイト」と、帽子のつばを上げた姉ちゃん。何か姉ちゃん俺の行く先々でバイトしてる気がするなぁ。けど、ココで会ってしまったものは仕方ない。

「ピーちゃんもいるぞ」

親指を向けた先、鳥カゴの中で「ヨッ！」と羽を広げたピーちゃんが俺を見た。

「なぜぇ!?」

「いやぁ、客寄せになるかなって。一応オーナーの許可は貰《もら》ったぞ。渋々の渋だったけどな」

「当たり前だよ」

「じゃ、そういうわけでピーちゃん宜《よろ》しくな」

「えっ!?」

「いやぁ、お客さんに毒吐くもんだからマダムがザマスしちゃってさ」

「つまりクレームが来たと」

マダムがザマスしてる様が目に浮かぶよ。

「ちゃんと逃げないようにしつけたから、大丈夫さ」

ピーちゃんを鳥カゴから出す姉ちゃん。相変わらずやることが滅茶苦茶《めちゃくちゃ》だ。

遅れて、先輩に「俺の姉ちゃんです」と紹介。

「――!?」

姉ちゃんと目が合った先輩は、ブレーカーが落ちたかのように、突然動きが止まってしまった。

「普通の姉だから大丈夫ですよ。餌をあげておけば大人しいですし」

一言付け加えた。水着を買った時とプールで会っているが、どうやら気づいてはいないようだ。

「おい、私を何だと思ってる」

「お、おね、お姉さ……おね」

先輩がフリーズした。

「あまり気の利いたサービスは出来ないが、好きなだけソフトクリームを盛るといい」

「ありがとう姉ちゃん」

コーンを手にレバーを引くと、ニュルリと白いソフトクリームが垂れてきた。コーンを動かしながら高く積んでゆく。六段目辺りでバランスが危うくなってきたので、レバーを戻した。

「先輩もどうぞ」

「あ、あああああ」

先輩の挙動がおかしい。ロボットのようなカクカクとした動きでコーンを摑《つか》──先輩、今摑んだのはピーちゃんです。

「お、おお、お姉さんでしたとはとは……！」

歯がカタカタと揺れる先輩。手もガクガクで握られたピーちゃんが揺れに揺れまくっている。

「うむ。弟にこんな美人な彼女がいたなんて知らなかったぞ」

「び、びずんっ!?」

ビクンと先輩が跳ねた。もう舌が完全に回っていない。レバーを引いて垂れるソフトクリームが、ピーちゃんの頭に落ちる。手を回しても、手先の不器用さからか先輩の手や腕にソフトクリームが次々と垂れてゆく。あっという間に右手がソフトクリーム塗《まみ》れになってしまった。ピーちゃんは既にソフトクリームの海に呑《の》まれて見えない。

「ゲセヌ」

ソフトクリームの中から声が聞こえた。とりあえずは無事らしい。

「そうだ。折角遊びに来たのだから、良いことを教えてやろう」

「なに？」

「あそこにウサギのキャラクターがいるだろう？」

姉ちゃんが花飾りのゲート前で風船を配っているウサギの着ぐるみを指差した。ピンク色のボディと大きな目が可愛《かわい》らしい。

「アレな、今日は中身、近藤さん（四十八歳）な」

「暴露するなし」

姉ちゃんに渋い顔を向けるも、不気味な笑いを浮かべ気にも留めていない。

「……因《ちな》みに、明日は？」

今日はと言われ、ふと気になった。こういう所は姉弟なのかもしれない。

「若い子辞めたからずっと近藤さん」

「夢も欠片《かけら》もないわ！」

三百六十五日くたびれたオジサンが入ってるのかと思うと、最早《もはや》あのウサギさんからドリームを感じ取ることは出来ない。むしろ哀愁とか、わび・さびとか、そういったものを全身から醸し出している。

「ピーちゃん!?」と、後ろから先輩の声がした。どうやら先輩が気づいたみたいだ。頭をかじられたのか舐《な》められたのか、ソフトクリームの海から顔を出したピーちゃんが「コムスメメ」と鳴いた。酷い有様な先輩をこのまま眺めているのも悪くはないが、そろそろ可哀想《かわいそう》になってきたので、ベンチのある場所へと背中を押した。

「これから中央ステージで着ぐるみショーが開かれまーす。是非みなさんお越しくださーい」

ベンチで一息ついていると、派手な衣装に身を包んだお姉さんが、俺たちの前を横切った。

「あ、先輩、これから着ぐるみショーが始まるみたいですよ。観《み》に行きませんか?」

「うむ！　行こう行こう！」

目をキラキラと輝かせる先輩。意外とこういうのに興味があるのかな?

俺の凜緒先輩が、今日も可愛い。

「うわあ、ほぼ満席ですね」

「そうだな！」

子どもたちに遠慮せず、最前列に陣取った俺と先輩。先輩は既に鼻息を荒くしており、待ちきれない様子だ。

「良い子のみんなー、こーんにーちはー」

満を持して司会のお姉さんがステージに登場した。子どもたちに合わせて、先輩も
「こーんにーちはー」と元気に挨拶する。

俺の凜緒《りお》先輩が、今日も可愛い（様式美）。

「――あっ⁉」

その時だった。今まで大人しくしていたピーちゃんが、隙ありとばかりに俺の肩から飛び立った。

ピーちゃああああん‼‼

そしてピーちゃんはステージ上のお姉さんが持つマイクのグリップの端に、チョコンと降りたのである。

ピーちゃああああああん‼‼‼

――が、明らかにピーちゃんと目が合っているにもかかわらず、お姉さんは何事もなかったかのように話を進めている。流石《さすが》プロだ。

「それじゃあ、みんなでウサギさんを呼んでみようね。せーの！」

「ウサギさーん！」

「ウサギさーん！」

「ウサギさーん！」

「コンドウサン！」

「ウサギさーん！」

「ウサギさーん！」

ピーちゃんの声がモロに入った。マイクそのものに摑まっているんだから当然だ。中の人をバラしてはいけないと、お姉さんが凄《すご》い形相でピーちゃんを睨《にら》んだ。ピンクのウサギさんが舞台袖から手を振って登場したが、場は少しザワついている。多分、いや、絶対ピーちゃんのせいだ。

お姉さんは極めて爽やかな笑顔だが、既に殺意のオーラが漏れまくり。このお姉さんは今、ドリームとは対極の位置にいるに違いない。

「キョウハ　コンドウサン　アシタハ？　アシタハ　ダレ？」

慌てて舞台の袖へと向かう。手招きで「ピーちゃん！」と呼ぶがピーちゃんは楽しそうに首をカクカクとさせている。

「ワカイコ　ヤメチャッタカラ　ズット　コンドウサン！」

「ピーちゃん!!」

舞台上に駆けつけピーちゃんを素早く回収する。

「すみませんすみません！」と頭を何度も下げて舞台から逃げる。流石の凛緒先輩も、「ハハハハ」と引き攣《つ》った笑顔を浮かべていた。

空気を変えるために、今度は観覧車に乗ってみた。

「すみません先輩……。折角のデートが」

「いや、大丈夫だ。これはこれで面白いぞ？」

何と慈悲深いことか。やはり先輩は女神だ。

「……綺麗《きれい》だな」

「……ええ、本当に綺麗です」

夕陽《ゆうひ》に染まる園内を、遥《はる》か上空から見下ろす。確かにこの景色も綺麗だが、やはり俺にとっては、隣に座る凜緒先輩の横顔以上に綺麗なものはない。

「フフ、どうしたそんな真剣な目で見つめて。私の顔に何かついているか？」

慈愛に満ちた顔で、俺に微笑《ほほえ》み掛けてくれる凜緒先輩。

「クソッ　ジレッテーナ　オレチョット　ヤラシイフンイキニシテキマス」

ピーちゃんもピーちゃんなりに、俺の背中を押してくれてるらしい。

――この瞬間、俺の中で何かが弾《はじ》けた。

「先輩……キス的なものを頂戴しても、よ、宜しいですか？」

「何だいそれは、酷《ひど》い誘い文句だな」

苦笑する凜緒先輩だが、その顔は満更でもなさそうだ。

――これはもうひと押しすれば、イケる！

「凜緒先輩……御キッス的なものを頂戴つかまつり候でござる」

「フフ、優斗《ゆうと》は本当に面白いな」

「ニマンエンデス」

先輩がピーちゃんにそっとハンカチを被《かぶ》せた。

「ZZZ……」

もう邪魔者はいない。

第七羽：トモダチ！　トモダチ！

クラスの俺の隣の席には、二階堂龍磨《にかいどうりゅうま》君が座っている。

長身で体格の良い、まるでアメリカン軍人のような体付きのクラスメイトだ。性格はとにかく寡黙。そして表情は常に険しい。二階堂君が窓側の方に座っているものだから、俺自身は少し陽当たりが悪い。

そんな彼の意外な特技、それは料理だった。

「二階堂君のお弁当ってアレだよね。凄いよね」

昼休み。二階堂君が取り出したお弁当を見て、俺は率直な感想を告げた。出来合いの物には見えないハンバーグと、お店で出てくるようなポテトフライが際立つお弁当に、羨む眼差《まなざ》しを向ける。特に俺の場合、彼女である凜緒先輩の料理の腕が、アレだし……。

「……自分で、作った」

「ほんと!?　凄いじゃん！」

「親戚が経営してる猫カフェでバイトしてるから、そこでいろいろ教わってる」

まさかの猫カフェ。二階堂君が無数の猫に囲まれている画を想像すると、ギャップで脳がバグりそうだ。これがギャップ萌《も》え？

「——というわけで、俺のクラスメイトがこの近くの猫カフェでバイトしてるらしいんです」

「猫カフェ！　何と甘美な響き……！　是非行ってみたい！　明日は土曜日だし、二人で行かないか、優斗！」

「え？　明日ですか？」

放課後、凜緒先輩に猫カフェのことを話すと、滅茶苦茶《めちゃくちゃ》食いついてきた。相変わらず容姿に相反して可愛いものに目がない人だ。こっちは間違いなくギャップ萌えだろう。

「……イヤか？」

「——!!」

いつものうるうるアイで見つめてくる先輩。

嗚呼《ああ》ーーー!!!!

「微塵《みじん》もイヤな要素がないですね。是非行きましょう」

「フフ、では明日な！」

きっと俺は一生、こうして先輩に振り回されながら生きていくんだろうな。

——だが、やぶさかではない！　やぶさかではないぞ！（大事なことだから二回言った）

「ふおおお、見てみろ優斗！　猫ちゃんだ！　可愛《かわい》い猫ちゃんがいっぱいいるぞ！」

「そ、そうですね」

おまかわ。

多種多様な猫に囲まれてキラキラ目を輝かせている先輩の画は、ＳＮＳに投稿したら百万いいねは確実のお宝画像と言っても過言ではないだろう。

だが、周りが女性客とカップルばかりなのを見て、俺の中に一抹の不安がよぎった。

「あのぉ凜緒先輩、こんなとこに二人で来て、俺たちの関係が学校の人にバレませんかね？」

ここそとする俺を見て、凜緒先輩が笑った。

「案外堂々としてればバレないものさ。今は私服だし、皆猫ちゃんに夢中だから、大丈夫大丈夫」

と言って、ストローをくわえた。

「ねえねえ。あの人生徒会長に似てない？」

と、遠くの方から小さく声が聞こえた。早速怪しまれてますが？

「んー？　でもジュース飲んでるから違うんじゃない？」

「確かに、会長ならキャビア片手にフォアグラを召し上がってそう」

何やらとんでもない話が流れている。いくら凜緒先輩でもそんなことはしないぞ？　まあ、こちらとしてはそう思ってくれるのは好都合だが。

「それよりあの男の子、何か迫力あるよね」

「うん、明らかに猫カフェより戦場のほうが似合ってそうな見た目だけど、猫ちゃんには好かれてるみたいだね」

寡黙に働く二階堂君の背中に、女性客の目が向けられている。そんな二階堂君の頭と肩には、それぞれ三毛猫と黒猫がスヤスヤと寝ている。器用な奴等《やつら》だ。

クラスでは一人浮いてる二階堂君だけど、こうやって真面目に働いてる姿を見ると、思わず感心しちゃうな。俺とタメなのに。未《いま》だに一度も働いた経験がない俺は、何とも居心地が悪い。俺も何かバイトしようかな。

「いらっしゃい久住《くずみ》。来てたのか」

俺に気づいた二階堂君が、ほんの少しだけ口角を上げながら話し掛けてくれた。

「二階堂君、凄いね。テキパキ接客もして、とても高校生には見えないよ」

いろんな意味で。

「そんなことはない。人と話す時は緊張で頭が真っ白になって、いつもオジキに怒られている」

意外だ。それとオジキって叔父さんのことかな？

「子猫ちゃん、足洗って身綺麗になりましょうねぇ～」

お店の奥で顔が傷だらけの男の人が子猫の世話をしていたが、どう見ても任侠《にんきょう》映画関係の人にしか見えなかった。足を洗うっていうのは、言葉通りの意味ですよね？　任俠映画でよく耳にする慣用句じゃないですよね？

「あ、二階堂君、紹介するよ、こちら俺のか――じゃなかった友達の、凜緒《りお》――じゃなかった橘《たちばな》先輩。先輩、こちらは俺のクラスメイトの二階堂君です」

「はじめまして。いつも優斗――じゃなかった久住が世話になっているね」

「いえ、どうも。じゃあ久住、俺は今から休憩だから、ゆっくりしていってくれ」

「うん、ありがとう」

頭と肩に三毛猫と黒猫を乗せたまま、裏に消えていく二階堂君。そんな二階堂君のことを、凜緒先輩は心底羨ましそうに見ていた。

「アバヨ！　クソッタレナ　コノセカイ！」

「「――!!」」

その時だった。

一匹の黄色い物体が、俺の鞄《かばん》の中から突然飛び出してきた。言わずもがなそれはピーちゃん。こいつまた脱走して俺の鞄に隠れてやがったな!?　しかも猫カフェという、ある意味天敵だらけの場所に……。勇気と無謀を履き違えてないかいピーちゃん!?

ピーちゃんは猫ちゃんたちの熱い視線をくぐり抜け、ほんの少しだけ開いていた窓の隙間から外に出てしまった。ノオオオオオオウ!!

「凜緒先輩、すいません！」

「構わん、私はここで待ってるから、ピーちゃんを追ってくれ！」

俺は任侠映画店長に事情を話し、俺だけ一旦外に出させてもらうことになった。

「なるほど、そのピーちゃんとやらも、シャバの空気が恋しくなったんだねぇ」

「ハ、ハハ」

随分実感籠った言い方だけど、あまり深掘りしたくなかった俺は愛想笑いだけに留《とど》め、そっと猫カフェを後にした。


「あ、いた」

程なくしてピーちゃんは見つかった。公園で一人寂しそうに体育座りをする二階堂君の膝頭に、チョコンとピーちゃんは乗っていたのである。何でここに二階堂君が？　休憩時間にわざわざ一人で公園まで来て、何をしてるんだろう……。

しかし、二階堂君のあまりにも寂しそうなその背中は、俺に声を掛けることを躊躇《ちゅうちょ》させた。二、三秒ためらい、意を決して手を伸ばした。肩に手が触れる直前、ピーちゃんが口を開く。

「トモダチ」

トモダチ？

「トモダチガ　ホシイ」

――！　今のは、二階堂君がピーちゃんに言った独り言だろうか？

切なる願いがそっとピーちゃんの口から伝わった。二階堂君がそんな孤独を抱えてるなんて、思いもよらなかった。まだ俺が、ピーちゃんと出会う前の中学の頃、友達もいなくて独り寂しく夕方の公園でブランコを漕《こ》いでいたのを思い出し、居ても立ってもいられなくなり走り出した。

「ピーチャン　トモダチ」

「いや……猫や鳥じゃなくて……だな」

俺は二階堂君の肩に手を置いた。

「二階堂君」

寂しそうな顔がこちらへ向けられた。その瞳には、得も言われぬ哀愁が漂っている。

「ピーちゃんと友達になってくれたんだね。ありがとう」

俺は笑顔でこたえた。

「そうか、この鳥は久住のか……」

言葉に力がなかった。とても沈んだ声だった。ピーちゃんが俺の肩へと戻る。

「あのさ」と、声を掛けた。

人差し指で頬をかいた。今から言うことはちょっと、いやかなり恥ずかしいのだが、声に出して言わなければ伝わらないことは、既にピーちゃんによって証明されている。

「友達ってさ、なんて言うかさ、なりましょうなりませんかでなるもんじゃなくてさ……

こう、上手《うま》く言えないけど、そんなことを考える前になっていたり、気がついたら既にそうだったりするものなんじゃないかな？」

二階堂君の静かな目が向けられた。恥ずかしいから、思わず目をそらしそうになってしまうが、ぐっとこらえる。

「少なくとも、俺は二階堂君と仲良くなることに抵抗はないし、友達になるのはとても嬉《うれ》しいことだと思う。寧《むし》ろこっちから進んでなりたい。折角隣同士の席だしさ、もっと二階堂君のこと知りたいな……今度美味《おい》しいお弁当の作り方教えてよ」

「久住……」

「またカフェにも行って良いかな？」

「……ああ！」

「トモダチ！　トモダチ！」

二階堂君がピーちゃんの頭を撫《な》でた。その指があまりにも太すぎて、ピーちゃんが潰されないかだけが少し心配だった。

第八羽：ピーチャン

「あのぅ、凜緒先輩？　こちらの女の子は……」

　あれ以来、休日は二階堂《にかいどう》君のバイト先の猫カフェ、『ネコカタギ』でデートするのが恒例になった俺と凜緒先輩。

　――が、今日は凜緒先輩が、そこに一人の女の子を連れて来た。小学校高学年くらいで、栗色《くりいろ》の髪を二つに結っている、とても可愛らしい子だ。よく見れば顔が先輩そっくり。先輩が小学生の頃は、こんな感じの美少女だったのだろうというのがありありと目に浮かぶ。

「私の妹の苺音《まおん》だ。よろしくな」

「ああ、先輩の妹さんでしたか」

　どうりでよく似てると思いましたよ。

「はじめまして苺音ちゃん、俺は久住優斗《ゆうと》っていいます」

「お姉ちゃん、この人だれ？」

「懇意にしてもらっている……後輩だ」

「なんか気持ち悪い」

　苺音ちゃんッ!?

　苺音ちゃんは先輩にしがみつきながら、ジト目で俺を見上げてくる。あれれれれ？　思いの外第一印象ストップ安だな？　オレ何かやっちゃいました？

「こら苺音！」

「オタク臭いし、きっとお姉ちゃんのこと嫌らしい目で見てるよ」

「そ、そんなことはないぞ！　優斗は普通に、普通だ」

苺音ちゃんのジト目がとどまる所を知らない。うぅ～ん、凜緒先輩のことをまったく嫌らしい目で見ていないと言ったら嘘《うそ》になるし、難しいところだな……。よし、ここは話題を変えよう。

「先輩、ところで今日は何故《なぜ》苺音ちゃんも一緒に？」

「ああ、それなんだが、苺音も外に遊びに行きたいと言うものでな。だが、最近この近辺で怪しい輩《やから》がうろついてるという噂《うわさ》は優斗も知ってるだろう？　だから一人で遊びに行かせるのは心配で……。ここに連れて来たというわけだ。断りもなくすまなかったな」

「ああ、いえいえ、そういうことでしたら、俺は全然構いませんから」

先輩の陰に隠れながら、依然としてジト目でガン見してくる苺音ちゃん。将来はこの子が義理の妹になるかもしれないんだから、何とかして仲良くなりたいものだが、これはなかなかの長期戦になりそうだ。

「ご注文は？」

「ウサギデスカ？」

右肩に三毛猫、左肩に黒猫、そして頭にピーちゃんを乗せた二階堂君が注文を取りに来た。ピーちゃんもすっかり二階堂君やこの店の猫たちとマブダチだ。ピーちゃんのコミュ力はストップ高だな。そのチート級のコミュ力を、羽一枚分でいいから分けてもらいたいものだ。

「ほら」

「え？」

——その時だった。二階堂君がそっと、苺音ちゃんに皿に乗ったプリンを差し出した。に、二階堂君？

苺音ちゃんも猫とインコを乗せたデカい殺し屋みたいな男から、急にプリンを渡されたものだから、小さな口をあんぐりと開けてポカンとしている。情報量が多くて苺音ちゃんがフリーズしてるッ！

「俺からサービスだ」

「おお、わざわざすまんな！　よかったな苺音！　ほら、ちゃんとお礼言って」

「あ、ありがとうございます……」

「いや、なに」

「イイッテコトヨ」

苺音ちゃんを見つめる二階堂君の顔は、慈愛に満ちている。……そういえばこの前、二階堂君が俺にだけ打ち明けてくれたことがある。何でも二階堂君は、子どもの頃に妹さんを病気で亡くしてしまっているらしい。ひょっとしたら苺音ちゃんに、在りし日の妹さんを重ねてるのかも……。

「あと、これも渡しておく」

「?」

今度は二階堂君は苺音ちゃんに、押しボタン式の呼び鈴を手渡した。

「何かあれば押せ」

「う、うん、ありがとうお兄ちゃん」

フフッと一瞬だけ微笑《ほほえ》むと、二階堂君は颯爽《さっそう》と背を向け仕事に戻っていった。

＊　＊　＊

「じゃーね苺音ちゃん、また明日ねー」

「うん、またねー」

放課後、いつもの交差点で友達と別れた私は、改めて昨日のことを思い返してみた。あの優斗とかいうオタク臭いキモ男《お》の顔を想像するだけで、胃がムカムカしてくる。地面を貫通してブラジルまで届くくらい鼻の下を伸ばしながら、キモい目でお姉ちゃんのこと舐《な》め回すように見てた。あいつ絶対お姉ちゃんのストーカーでしょ。何でお姉ちゃんも、あんなキモ男と仲良くしてあげてるんだろう？　お姉ちゃんは私だけのお姉ちゃんなのに！

それに引き換え、あの殺し屋みたいなデカいお兄ちゃんは、見た目はちょっとだけ怖かったけど、優しそうだったな。プリンもくれたし！　可愛《かわい》い猫ちゃんと鳥さんを乗せて、ラ○ュタのロボット兵みたいだった。あーあ、あの人がお姉ちゃんと結婚して、私のお兄ちゃんになってくれたらいいのにな。私はランドセルの中に仕舞ってある、昨日お兄ちゃんから貰《もら》った呼び鈴を頭に浮かべ、一人ニヤニヤした。

「……あれ？」

そんなことを考えながら歩いていたら、いつの間にか人気のない裏路地に来ていた。ど、どこだろうここ？　お姉ちゃんから、最近物騒だから人目のない場所には絶対行くなって言われてたのに……。急いで引き返さなきゃ。

「へっへっへ、お嬢ちゃん可愛いね。特別にお兄さんたちの、秘蔵のギザ十コレクション見せてあげようか？」

「――！」

漫画でしか見たことないような、怪しさの化身みたいな男が三人、私を取り囲んだ。こ、こいつら……！　私は咄嗟《とっさ》に大声を出そうと息を吸う。

――でも。

「おっと、大人しくしてないとギザ十見せてやんないよ」

「っ!?」

声を出す前に、口元を汚い手で塞がれた。

「へっへっへ、オウ、さっさと連れてくぞ」

「ああ」

——お、お姉ちゃん！

「ほら、これが超貴重な昭和三十三年発行のギザ十だぜ。ギザギザの鋭さが違うだろ？」

「……」

口をガムテープで塞がれ、手足をロープで縛られて廃倉庫に連れ込まれた私。うぅ……私これからどうなっちゃうの？　怖い、怖いよお姉ちゃん……。

「チッ、ノーリアクションかよ。最近のガキは夢がねーな」

「ゴメンなお嬢ちゃん、こいつはギザ十のことになると周りが見えなくなっちまうからよ」

「あぁん!?　喧嘩《けんか》売ってんのかテメェ!?　俺のギザ十殺法が火を吹くぞオラァ!!」

「その辺にしておけ。まあ、俺たちに見つかった運のなさを呪いなよお嬢ちゃん。不運《ハードラック》と踊《ダンス》っちまったってことさ。さてと、お嬢ちゃんはいくらになるかな」

「……！」

物を見るみたいな目で、私を見下ろしてくる男。

う、うぅ……、助けて……、誰か助けてよぉ……。

「とりあえず持ち物は没収だな」

スマホを取り上げられたかと思うと、思い切り地面に叩《たた》きつけて壊された。嗚呼《ああ》……、お姉ちゃんと一緒にいっぱい写真撮ったスマホが……。

「今時は、じーぴーえすとか付いてっからよ」

「一応ランドセルの中身も確認させてもらうよー」

続いてランドセルを乱暴に開けられる。

やめて……、もうやめてよぉ……。

「ん？　なんだこれ？」

「――!!」

お兄ちゃんから貰った呼び鈴を、男が手にした。

「ファミレスとかにあるアレじゃね？」

「押してみ」

「へっへっへ、ポチッとな」

下卑た笑い声を上げながら、男が呼び鈴を押す。

――すると。

「呼んだか」

「「「――!!!!」」」

ドガシャアァンと物凄《ものすご》い音を立てて、シャッターが吹き飛んだ。そしてそこには――猫ちゃんと鳥さんを乗せた、ロボット兵のお兄ちゃんが佇《たたず》んでいた。

「ゴチュウモンハ？」と、鳥さん。

「ん！　んん、ん!!」

声が出せないなりに、必死に助けを求める私。

「カシコマリマシタ」

「ごへぁっ!?」

「「「――!!!」」」

お兄ちゃんのパンチで、男の一人が漫画みたいに吹き飛んだ。

「テ、テメェ、あんまチョーシ乗ってんじゃねーぞ、この――ぶべぇっ!?」

続いて二人目もペットボトルロケットみたいに打ち上げられた。

「クッソがぁ！　喰《く》らいやがれ、奥義ギザ十殺――ハアァンッ!!」

ギザ十男もギザ十をまき散らしながら、とても私の口じゃ表現出来ないような感じにされちゃった。

「怪我《けが》はなかったか？」

お兄ちゃんが颯爽と、私のガムテープとロープを引きちぎってくれる。ロープって手でちぎれるんだ？

「う、うん。あの！　お名前を……」

「ピーチャン」

鳥さんがお兄ちゃんの頭の上でビシッと羽を広げて、ポーズを決めた。いや、訊《き》きたかったのはお兄ちゃんの名前だったんだけど……。

「苺音《まおん》！」

「お姉ちゃん！」

お兄ちゃんがお姉ちゃんと警察を呼んでくれた（何故かキモ男も一緒だけど）。お姉ちゃんに強く抱きしめられる。ふふ、痛いよお姉ちゃん。

「本当に……無事で良かった！」

「大丈夫だよお姉ちゃん。ピーちゃんを乗せた未来のお兄ちゃんが助けてくれたから」

「えっ!?　お、俺が!?」

キモ男が目を見開いた。

いやお前じゃねーわ。

第九羽：ゴイゴイスー

「お兄ちゃん！　お兄ちゃん！」

苺音ちゃんが二階堂《にかいどう》君の丸太のような腕にぶら下がりながら、キャッキャとはしゃいでいる。先日の一件以来、すっかり二階堂君に懐いたようだ。二階堂君も、妹というよりは孫を見るおじいちゃんみたいな顔をしている。苺音ちゃんだったら、ガチで目に入れても痛くないかもしれない。

今日は俺と凜緒《りお》先輩がけん玉の練習に明け暮れていた近所の公園に、四人で遊びに来ていた。だが、ピーちゃんが二階堂君の頭に乗っているのはまだいいとして、今日も両肩にいつもの三毛猫と黒猫を乗せているのはどうなんだい？　ひょっとしてそれ、猫じゃなくて肩パットだったりする？

「お兄ちゃん、ホント力持ちだね！」

「ヒャクニンノッテモ　ダイジョーブ」

「コラコラ苺音、あまり二階堂に迷惑をかけてはダメだぞ」

「いや、俺は全然構いませんよ橘《たちばな》先輩」

「ホラ！　お兄ちゃんもこう言ってるじゃないお姉ちゃん。それに龍磨《りゅうま》お兄ちゃんは、将来私の義理のお兄ちゃんになるんだから、いいんだよ」

「「「えッ!?!?」」」

ま、苺音ちゃん!? そ、それはいったいどういう……。まさか苺音ちゃんは、二階堂君と凜緒先輩が結婚することを望んでいるとでもいうのかい……!? ガチムチ体型の親友に彼女をNTRれるとか、そんなネット広告でよく見る漫画みたいな展開になったら、俺の脳が壊れちゃう!

「いや、苺音ちゃん、橘先輩が付き合ってるのは久住《くずみ》だから」

「「「えッッ!?!?!?」」」

二階堂君ッ!?!?

「な、何で知ってるの……」

俺と先輩が付き合ってることは、二階堂君にさえ秘密にしてたのに。

「いやいや、そんなの誰だって見てればわかるだろ。いつも一緒にいるし、お互い下の名前で呼び合ってるしな。そもそも二人でいる時の空気が、グラブジャムン並みに甘いぞ」

それって世界一甘いって言われてるインドのお菓子だよね!? マ、マジかよ……、全然自覚なかった。

「えー! ヤダヤダー! キモ男が義理のお兄ちゃんなんて、私絶対ヤダよー!」

苺音ちゃんは俺のこと裏でキモ男って呼んでたんだね!? お義兄《にい》さん泣きそう!

「コラ苺音! 優斗《ゆうと》に何てこと言うんだ! 優斗はいずれ世界を獲《と》る男だぞ!」

何でですか!? 俺そんな野望抱いてないですけど!? 凜緒先輩は凜緒先輩で、俺に対する評価が高すぎる……。

「もう！　お姉ちゃんのわからず屋！　こうなったら龍磨お兄ちゃん、キモ男をブチのめして、力ずくでキモ男からお姉ちゃんを奪い取って！」

大分発言が世紀末だね苺音ちゃん！　お義兄さんは苺音ちゃんの将来が心配だよ？

「いや、苺音ちゃん、だから俺は別に……」

「龍磨お兄ちゃんの意気地なし！　じゃあ代わりに、ピーちゃんがキモ男をやっつけて！」

「ガッテンショウチノスケ」

「ピーちゃん!?」

飼い犬ならぬ、飼いインコに手を噛《か》まれるとは！

「いけ！　ピーちゃん！　『つばさでなぐる』！」

「コウカハバツグンダ」

ポケットなモンスターみたいになってきた！　飛行タイプの技が抜群てことは、俺って虫タイプだったりするのかな？

「次でトドメだよピーちゃん！　『じばく』！」

「グエーシンダンゴ」

戦法がエグすぎる！　そこまでして俺を亡き者にしたいのかい？

「フム、二階堂と一体化したピーちゃん――差し詰め『ピ階堂』といったところか」

「凜緒先輩!?」

凜緒先輩はネーミングセンスまで明々後日《しあさって》の方向いってますね!? 何でちょっとドヤ顔なんですか!

「それならこちらもとっておきを出すしかあるまい! いけ! 『ユートリノ』!」

何ですかそのニュートリノみたいな名前は!? もしかして俺のことですか!?

「見せてやれ、お前の『飛行機』を!」

凜緒先輩――! そういうことですか。俺はおもむろにけん玉を取り出す。そして――。

「ハァッ!」

華麗に飛行機をキメる。

「なぁっ!?」

「おお、凄いな久住」

ふふふ、苺音ちゃんもル○ィに雷が効かなかった時のエ○ルみたいな顔してるぜ。見せちゃったね、お義兄さんの威厳てやつを（倒置法）。

「フフフ、ユートリノの力はこんなものではないぞ。ユートリノ、次は『月面着陸』だ!」

「ほいっと」

続いて月面着陸をキメる。月面着陸は玉を持って、その玉に大皿を着地させ静止するという上級技だ。

「ふおわあああ!?」

苺音ちゃんの目も、ニュートリノを撒《ま》き散らしながら光り輝いてるぜ!

「トドメだユートリノ！　『一回転さか落とし』！」

「ほいいいい！」

キメ技は一回転さか落とし。月面着陸で玉の上にけんを静止させた状態から、けんを一回転して玉に挿すという、飛行機をワンランクアップさせたような激ムズ技だ。これの習得には、当時相当苦労したんだぜ！

「ひゃあああああ！　凄い凄ーい!!」

「ゴイゴイスー」

苺音ちゃんのおめめは眩《まばゆ》いばかりにキラッキラだ！　ふふふ、落ちたな（確信）。

「――ハッ！　べ、別にそんなの、全然大したことないじゃん！　いい気にならないでよねッ！」

苺音ちゃんはほっぺをぷくーと膨らませながら、そっぽを向いてしまった。

おそろしく早いツンデレ。オレでなきゃ見逃しちゃうね。

第十羽：チュッチュカ？　チュッチュスルンカ？

「ココが先輩のハウス……！」

遠くから眺めているだけだった憧れの豪邸を目の前にして、俺は身震いした。

「いや噂《うわさ》には聞いてたけど、スゲェ家だな」

「ヒャクニンノッテモ　ダイジョーブ」

今日は俺とピーちゃんと二階堂君の三人で、凜緒先輩のお家にお呼ばれしたのだった。女性の家に上がること自体生まれて初めてなのに、それがあの凜緒先輩のお家で、しかもこんな門に監視カメラが付いてるレベルの豪邸とは……！　ひょっとすると豪邸かどうかの分かれ目は、門に監視カメラが付いているか否かという点なのかもしれない。そんなことをふと思った、高校一年生の夏——。

「なあ久住、本当に俺も一緒に来てよかったのか？　どう考えても邪魔だろ？」

「いやいや、苺音ちゃんも二階堂君に会いたがってたし、正直俺一人だと緊張して今にも逃げ出しそうだったから、却《かえ》って助かったよ」

「そ、そうか」

「コノヘタレノ　タマナシヤロウガ」

うるさいな。何とでも言うがいい。こちとらガチのガチでテンパってるんでぃ。

「ユートリノ！　ピ階堂！　よく来てくれたな！」

「あ、どうも」

凛緒先輩が出迎えてくれた。てかユートリノとピ階堂定着させようとしてます？　ユートリノに至っては、あだ名なのに本名より長くなってるんですけど……。

「さあさあ、狭い家だが遠慮せず上がってくれ」

凛緒先輩のことだから、謙遜じゃなく本気でそう思ってそうだな。

「お、お邪魔します」

「お邪魔します」

「タイショウ　ヤッテル？」

豪邸に一歩足を踏み入れると、早速玄関に俺の生涯年収並みの価値があると思われる壺《つぼ》と絵画が飾ってあった。ややもすると豪邸かどうかの分かれ目は、玄関に俺の生涯年収並みの壺と絵画が飾ってあるか否かという点なのかもしれない。そんなことをふと思った、高校一年生の夏――。しかも玄関マットは漫画とかでしか見たことない、虎の毛皮がベロンと広げられたやつだ。これ実際に使ってる人いたんだ!?　正直使い勝手はあまりよくないと思うんだけど……。そして正面にはこれまたお決まりの、鹿の首とよくわからない猛《もう》禽類《きんるい》の剝製。お金持ちあるあるフルコンプしてんな!?

「スリッパはこれを使ってくれ」

「あ、どうも」

先輩に差し出されたスリッパは、謎の高級感が漂う、「何の毛皮?」と言いたくなるような圧倒的スリッパだ……。ぶっちゃけ値段が気になりすぎて、あまり履き心地はよくない。

俺はあまりの場違い感に戦々恐々としながら、長い廊下を進む。

「フフ、そう硬くなるな。今日は母しかおらんから取って食われたりはしないぞ」

いや俺が硬くなってるのは、豪邸の醸し出す雰囲気にビビってるからなんですが……。あとその言い方だと、お父さんからは取って食われる可能性があるってことに……?

嗚呼《ああ》、でも言われてみればこれから俺は、先輩のお母さんとお会いするのか!? そう意識したら、俄然《がぜん》緊張感がフルバーストしてきた……!!

「母さん、優斗たちをお連れしたよ」

「これはこれは、可愛《かわい》い男の子たちだこと」

「――――!」

ちょっとしたダンスパーティーが開けそうなくらい広いリビングに通された俺たち。そこには思わず跪《ひざまず》きそうになってしまうくらい圧倒的なオーラを放った、和服姿のマダムが佇《たたず》んでいた。顔が凜緒先輩そっくりの超絶美人だ。こ、この方が凜緒先輩のお母さん……!! そして未来の俺のお義母《かあ》さん……!!

「あ、あのあのあの、は、はじめまして! 久住優斗と申します! 凜緒先輩には、いつもお世話になっておりますですますです!」

やっべメッチャ噛んだ！

「二階堂龍《にかいどうりゆう》磨《ま》です。はじめまして」

「ピーチャン　デス」

「あらあら、よく来てくれたわね。凜緒《りお》からいつも話は聞いてるわよ。凜緒ったら、家じゃ優斗くんのことしか話さないんだから」

「そ、そうなんですか？」

「もう、母さん！　そのことは秘密にしてって、あれだけ言ったじゃない！」

「あら、そうだったわね、うふふ」

顔を真っ赤にしながら、お母さんのことをポカポカと叩《たた》く先輩。

——か、可愛い。

「あ、お兄ちゃん来てくれたんだね！」

そこに苺音《まおん》ちゃんも現れた。

「ゲッ、キモ男も一緒かよ」

この落差よ。

「ピーチャン　モ　イルヨ」

「ピーちゃんは歓迎するよ！」

お義兄さんのことも歓迎してほしいな！

「コラ苺音！　優斗に失礼なことを言うなと、何度言ったらわかるんだ！　優斗はいずれノーベル平和賞をもらう男だぞ！」

どんどんハードルが上がっていく！　どんな神のイタズラが発動したら、そんな未来が待ってるんですか!?

「べーだ！　お姉ちゃんこそわからず屋！　ねえねえ、お兄ちゃんとピーちゃんは私の部屋で遊ぼー！」

「あ、うん」

「ショウガナイニャア」

流れるように苺音ちゃんに連れていかれる、二階堂君とピーちゃん。やれやれ、俺が苺音ちゃんからお義兄《にい》ちゃんと呼ばれる日は、まだまだ遠そうだな。

「まったく苺音は。……じゃあ、優斗《ゆうと》は私の部屋に、来るか？」

「――!!」

ほんのりと頬を染めながらそう提案する先輩――。

つ、遂《つい》に、凛緒先輩の部屋に――！

ゴクリ。

「は、はい、お邪魔します」

「うふふ、これは思ったより早く孫の顔が見られそうね」

「「――!?」」

お母さん!?

「か、母さん！　わ、私と優斗は、まだ、エキセントリックな関係だから……」

それを言うならプラトニックでは!?

「うふふ、まあゆっくりしてらっしゃい」

「あ、はい」

「もう！」

いやはや、大分エキセントリックなお母さんだわ。流石《さすが》凜緒先輩と苺音ちゃんのお母さん。


「散らかってるが、好きなところに座ってくれ」

「あ、どうも」

ふおおおお、ここが凜緒先輩のお部屋……！　全体的にピンク系で統一されていて、ベッドの上には大きなぬいぐるみが何体も置かれている。やっぱ先輩はこういう可愛くて女の子っぽいのが好きなんだな。今年度のギャップ萌《も》えオブザイヤーは、凜緒先輩で決まりだぜ！

「ちょっと待っててくれ。今お茶を持って来るからな」

「あ、どうぞお構いなく」

嗚呼、生まれて初めて入った女性の部屋が凜緒先輩のお部屋とは……。ひょっとして前世の俺は、徳を周回プレイでカンストさせた、徳廃人勢だったのでは？

　しかしこれまでのところ、感謝されたとか、喜ばれたとかの実感はないが……

「待たせたな、タピオカミルクティーでよかったか？」

「ありがとうございます。恐縮です」

　これまたファンシーな飲み物が出てきたな。凜緒先輩らしいけど。緊張で喉がガン渇きしていた俺は、ありがたく太いストローでミルクティーをガン飲みする。

　——すると。

「っ!?!?　ガハッ!?　ゴホッゴホッ!!」

「ゆ、優斗!?　大丈夫か!?」

　タピオカを嚙《か》んだ瞬間、口内に懐かしい激痛が走った。これは先日凜緒先輩から貰《もら》った手作りクッキーの味……！

「せ、先輩……、ひょっとしてこのタピオカは……」

「うむ、私の手作りだ。……口に合わなかったか？」

「——！」

　先輩がいつもの、捨てられた子犬みたいなうるうるした目で俺を見てくる。くううぅ……！

「いや、尋常じゃないくらい美味《おい》しすぎてむせてしまいました。なので、後でゆっくり飲ませていただきますね」

「そ、そうかそうか！　それはよかった！　じゃあ口直しにこれでも食べてくれ。これも私が作ったクッキーだ」

「――!!!」

――先輩の手作りクッキー《因縁の相手》との再会!!

　相変わらずエキセントリックな見た目してるぜ！　あらかじめクッキーだと知らされてなければ、黒魔術によって生み出された悲しいモンスターにしか見えない……。それにしても、まさかタピオカ《毒物》からのクッキー《毒物》とは。昔のゲームの終盤にありがちな、理不尽なボスラッシュを彷彿《ほうふつ》とさせるぜ。

「前回から更に改良を加えてみたんだ！　今回も自信作だぞ！」

　その根拠のない自信はどこから!?　くっ、これは先輩を甘やかしてしまった俺にも、責任の一端はあるのか？――だとしたら彼氏として、一生先輩を甘やかしていく所存だぜ！

「い、いただきます……」

　心の中だけで遺書を書き、覚悟をキメてクッキー《毒物》を一つ頬張る。

　――すると。

「――ッ!?!?!?」

　今回も口の中で手榴弾《しゅりゅうだん》を爆破されたんじゃないかってくらいの衝撃が襲ってきた。

いったいどんな化学反応が起きれば、こんなことが可能なんだ!?!?　一般家庭にあるものだけでこんな殺人兵器が作れるということが公になれば、人類の歴史が変わるぞ!?　しかも今回は痛みだけでなく、独特の痺《しび》れるような苦味も感じる。何だ？　これはいったい何の味なんだ？

「どうだユートリノ、味のほうは？」

「――!!」

先輩が不安そうに揺れる瞳で俺に訊《き》いてきた。

――もちろんここは。

「と、とっても美味ひいでしゅ。か、隠し味が利いてましゅね」

「わかるか！　ほら、チョコレートケーキの上にパウダー状の砂糖が乗ってたりするだろ？　アレみたいに上に柿渋を塗ってみたんだ。逆に渋さが良いだろう？」

普通に粉砂糖が良かったなんて、口が裂けて分裂しても言えない……!!　洗剤でも入っているのかと疑いたくなるような、七色ケミカルな味だ……。

「凜緒先輩、柔軟剤変えました？」

「ん？　よくわかったな。匂いはしない筈《はず》だが」

先輩が自分の服の匂いを嗅ぎ始めた。いやいやいや、流石に間違わないだろと信じることにした。というかするしかない。しかし間違わない限り、このような御味《おあじ》は御出し出来ない筈。ぐぬぬ……。とはいえ今の俺に、後退の二文字は許されていない！　俺は心の中だけで滂沱《ぼうだ》の涙を流しながら、何とか今回も先輩の手作り《殺人兵器》クッキーを完食したのであった。

「け、結構なお手前で、大変宜《よろ》しいかと存じます……」

出来ればもう二度と再会したくはないものですが。

「そうかそうか！　ユートリノに喜んでもらえて、私も嬉《うれ》しいぞ！――なぁ、優斗」

「――!!」

途端、凜緒先輩がその宝石のような瞳を潤ませながら、俺に麗しいお顔を近付けてきた。

――こ、これは！

俺は震える手を先輩の肩に置き、そっと目を閉じる。

――そして。

「チュッチュカ？　チュッチュスルンカ？」

「「――!!!!」」

見れば扉の隙間から、ピーちゃんと苺音ちゃんと二階堂君が、口元をあわあわさせながら覗《のぞ》いていた。

――お約束ゥ!!

第十一羽：ピーチャンキーック

「コ、ココココがユートリノのハウス……！」

「凜緒先輩!?」

壊れたジュークボックスみたいになってますよ！（今の若い人にジュークボックスって通じるかな？）

先日は俺が凜緒先輩のお家にお邪魔させていただいたわけだが、今日は先輩が俺の家に来てくれることになった。――が、案の定先輩はガチガチのガチに緊張している。相変わらずメンタルがオブラート並みに繊細な人だ。

「そんなに緊張しなくても大丈夫ですよ凜緒先輩。姉ちゃんには一度会ってますし、両親はどこにでもいるド平凡な人間ですから」

「そ、そんなことはないッ！　この世に優斗を生み出していただいたんだから、私にとっては神にも等しい存在だ！」

凜緒先輩……！　相変わらず凜緒先輩の俺に対する愛が若干重い。俺みたいなド平凡な人間に、どこにそんな心酔する要素があるのだろうか？

「そんなご両親にもしも嫌われてしまったらと思うと、昨日もろくに眠れなくて……」

「先輩……」

先輩は寒空に震える幼子の如《ごと》く、祈るように両手を組みながらプルプルしている。先輩のことは、俺が守護《まも》らねばならぬ――。

「先輩、俺の目を見てください」

「ふえっ？　ゆ、優斗？」

俺は先輩の手に自らの手を重ね、じっと先輩の目を見つめる。

「俺は先輩のことが心の底から大好きです。そんな俺と血が繋《つな》がっている、実の両親ですよ？　先輩のことを嫌うはずがないじゃないですか？」

「――！　優斗……」

「それとも、俺の言うことが信用出来ませんか？」

「フ、フフ、いや、もう大丈夫だ。行こうユートリノ！　敵は本能寺にあり！」

両親は敵ではないですし、我が家は本能寺でもありませんけどね。まあ、何にせよこれで、少しは緊張も解けたか。

「じゃあ玄関を開けますよ先輩」

「う、うん！　い、いいいいいいつでもどんと来い！」

また壊れたジュークボックスに戻っちゃったぞ？　まあ、何とかなるか……。

「ただいまー。凜緒《りお》先輩をお連れしたよー」

「ヨクキタナ　ヤロウドモ」

「ピーちゃん！」

玄関を開けた途端、ピーちゃんが飛んで来て先輩の肩に止まった。

「フフ、ありがとうピーちゃん。出迎えてくれたのか」

おお、雰囲気がいつもの先輩に戻った。いつもながらグッジョブだぜピーちゃん。今日はヒマワリの種、多めにあげるからね。

「あらあらあら！　本当にこのお綺麗《きれい》な方が優斗《ゆうと》の彼女なの!?」

「こいつぁ驚いた！　オリンピックで十大会連続金メダルを獲得する以上の奇跡が起きたぞ母さん！」

「ええ、本当ねお父さん！」

そんなにかよ。十大会連続って、四十年現役ってことだぞ？……まあ、実際そのレベルの奇跡なので、何も言えねぇけど。

「は、はははははじめまして、優斗さんとお付き合いさせていただいているるるる、橘《たちばな》凜緒と申しますすすすす」

「どうもどうも、優斗の母です」

「父です」

凜緒先輩の壊れたジュークボックスをスルーとは、流石俺の両親。面の皮だけは人一倍厚い。

「そして私が優斗の姉だ。先日も会ったよね？　是非私のことは、お義姉《ねえ》さんと呼んでおくれ」

「は、はい、お義姉さん！」

気が早いなオイ。まあ、俺としても、将来は姉ちゃんに凜緒先輩の義姉《あね》になってもらいたいとは思っているが。

「あ、そうだこれ、エキセントリックなものですが、よかったら」

先輩が手作り感満載の謎の包みを、姉ちゃんに手渡す。あ、あれはまさか……!?

「おっ、クッキーじゃーん。もしかして凜緒ちゃんの手作り？」

「は、はい、一生懸命作りました！」

マジでエキセントリックなものだった!!　もちろん先輩にそんな自覚はなく、単に言い間違えただけなのだろうが。

「あ、あのぉ、凜緒先輩……」

訴えるような目線を凜緒先輩に向ける俺。

「大丈夫だ。柿渋はちゃんと増やしてある」

何が大丈夫なんだろう。だから柿渋はダメですってばよ。

「先輩、因《ちな》みに味見とかってされました？」

「もちろん。我ながらなかなかの美味だったぞ」

「――!?」

この瞬間確信した。やはり先輩は、味覚をお母さんのお腹《なか》の中に置いてきてしまったんだ……。今後はもう、先輩の言う「美味しい」は一切信用出来ないと思ったほうがいいな。

「へっへー、いただきー」

「あっ！」

卑しいことにその場でクッキーを一つ取り出し、齧《かじ》ろうとする姉ちゃん。ヤ、ヤバい!!

姉ちゃんの命がッ!!

「……あれ？　これは」

「……!?」

――が、姉ちゃんはクッキーの匂いを軽くスンスンと嗅ぐと、それをサッとピーちゃんの顔に向けた。ね、姉ちゃん!?

「ウ　ヴヴ……」

途端に苦しみ出すピーちゃん。まさか姉ちゃんのやつ、野生の勘で、先輩の手作り《エキセントリック》クッキーのヤバさに気付いたとでもいうのか!?　我が姉ながら恐ろしい女だ……。以前先輩の手作り《エキセントリック》サラダを俺から奪った割にはそれを食さず、近所のお姉さんに横流しした前科もあるしな。地震の前になると消えるネズミ並みに、危機察知能力にだけは秀でているのかもしれない。ただ、それはそれとして、ピーちゃんを炭鉱のカナリアみたいに使ったのは許さないぞ！

「ピ、ピーちゃん？　どうかしたかい？」

「き、きっと先輩のクッキーがあまりにも美味《おい》しそうだから、昇天しそうなんですよ！」

今年のフォローオブザイヤーは俺で決まりだぜ！

「そういうこと。特別にこのクッキーはピーちゃんにやるよ、ほら」

「ギョエー」

ピーちゃんの口に無理矢理クッキーを詰め込み、この場から逃げ去る姉ちゃん。
ピ、ピーちゃあああああん!!!!!
「コロシテ……コロシテ……」

嗚呼《ああ》、ピーちゃんが黒魔術によって生み出された悲しいモンスターみたいなことを……。

「フフ、そんな死にたくなるくらい美味しかったか。また作ってあげるからな、ピーちゃん」

先輩ってたまに、ネガティブなのかポジティブなのかわかんなくなりますよね。

「さあさあ、今日は奮発して私もご馳走《ちそう》いっぱい作ったから、凜緒ちゃんも一緒に食べましょ」

「あ、私もお手伝いしますお義母《かあ》さん！」

早速先輩が母さんのことをお義母さんと……！　よくある嫁姑《よめしゅうとめ》問題は、うちにはなさそうで一安心だな。

「あ、先輩、うちはスリッパこれしかないんですけど、大丈夫ですか？」

俺が差し出したのは、百均で売ってる足つぼスリッパ。我が家のスリッパは昔から全部これなのだ。先輩の家の圧倒的スリッパとのあまりの格差に、涙が出そうになる。

「へえ、これは随分珍しい形をしているな。――ふおおおおお!?　あ、足裏が刺激されて、凄《すご》く気持ちいいぞこれ！」

ああ、ひょっとして先輩は足つぼスリッパは初見でしたか。先輩は温泉に浸《つ》かっているカピバラみたいな恍惚《こうこつ》とした表情を浮かべている。何にせよ先輩に気に入ってもらえてホッとしたよ。


「え、えぇ……」

所狭しとテーブルに並べられた料理を見て、俺は軽く引いた。そこにはちらし寿司《ずし》をはじめとして、ローストビーフにピザにエビチリにお好み焼き、フライドチキンに回鍋肉《ホイコーロー》に鯛《たい》の姿煮と、とても一食分とは思えない量の手料理が鎮座していたのである。いやいくら何でも奮発しすぎだろ!?　いくら息子が初めて彼女を連れて来たからって、舞い上がりすぎである。絶対食べきれないだろこんなに……。

「わぁ！　凄く美味しそうですね！　いただきまーす！」

「遠慮せずいっぱい食べてね凛緒ちゃん」

まあ、先輩は喜んでそうだから別にいいけどさ。

「うん！　これ、とても美味しいですお義母さん！　今度私にも作り方教えてくださいませんか？」

「あらあら、私なんかでよければいつでも教えるわよ凛緒ちゃん」

いやそれはやめといたほうがいいと思うな俺は。それにしても、先輩は母さんの料理を美味しいと感じる味覚はあるんだな？　ひょっとして先輩の舌って、その辺に生えてる草ですら美味しく感じるように出来ているのでは……？


「ご馳走様でしたお義母さん！　とても美味しかったです」

「あらあら、お粗末様でした」

あんなにあった料理をほぼ完食してしまった。先輩って健啖家《けんたんか》でもあったんだな。その割には全然太ってないし、そのカロリーはどこに消えてるんだろう？

「じゃあ先輩、この後は俺の部屋で、二人で遊びませんか」

「う、うむ、ではお邪魔させてもらおうかな」

「ちゃんと避妊はするんだぞー」

「ひ、ひに……!?」

「姉ちゃんッ!!」

俺と先輩はまだエキセントリック——もとい、プラトニックな関係だっつーの！

「おお、ここがユートリノの部屋か！」

「ピーチャン　ノ　ヘヤデモアル」

先輩の広い部屋に比べたら提灯《ちょうちん》に釣り鐘だが、先輩はキラキラと目を輝かせている。逆に先輩には、こういう庶民の部屋は新鮮なのかもしれないな。

「そうか……、この部屋でユートリノはこの歳《とし》まで育ったのか……」

先輩は胸に手を当て、目をつぶって感じ入っている。何ですかその聖地巡礼してるオタクみたいなリアクションは。俺も先輩の部屋にお邪魔した時はそんな感じでしたが。

「とりあえずゲームでもして遊びませんか？」

凜緒先輩にゲーム機のコントローラーを渡す。

「おお、ゲーム!!　一度でいいからやってみたかったんだ！　私はこの手の物は一切持ってないから」

そうか……、先輩はゲームをやる暇さえ惜しんで、勉強に専念していたんですね……。

改めて先輩の背負ってきたものの重さを実感し、胸が苦しくなった。

「じゃあ今日は、思う存分ゲームしましょう！」

「うむ！」

「まずは好きなキャラを選んでください」

「ふおお、私が自分で好きなのを選んでいいのか!?」

初めてファミレスに来た幼女みたいなリアクションするじゃん。俺の凜緒先輩は、今日も可愛《かわい》い（n回ぶりn回目）。

「あ、あれ？　これ、全然カーソルが動かないぞ？」

「え？　せ、先輩!?」

見れば、先輩のコントローラーからプスプスと白い煙が噴き出ていた。ぬおっ!?

「ああ!?　どどどどどうしよう優斗!?　私、変なところ押しちゃったのかな!?」

「どこを押してもそうはならないと思いますけど!?」

先輩の機械音痴も、ここまで来ると超能力レベルだな!?

「う、うぅ……、ゴメン優斗。このコントローラーは弁償するから」

「いや、安物ですから気にしないでください。そ、それよりも、他に何かしたいことはありませんか？」

「他に……。そうだ！　ユートリノの小学校の時の卒業アルバムとかないか!?」

「え？　ああ、あるにはありますけど」

そんなの見たいですか？

「おお！　見たい見たい！　是非見せてくれ！」

俺の手を強く握ってくる凜緒《りお》先輩。むむむむ!?

「わ、わかりました！　こ、これです」

堪《たま》らずアルバムを手渡す。

「ほっほーう！　どれどれ！――ああああああ、滅茶苦茶《めちゃくちゃ》可愛いじゃないか優斗おおおおおおお!!」

「先輩!?」

今日の先輩ずっとぶっ壊れてますね!?

「紅白帽子をウル○ラマ○みたいにして被《かぶ》ってるうううう!!　額縁に入れて飾っておきたいいいいいい!!」

「絶対にやめてください！」

何の拷問ですかそれは!?

「ふぐああああああ!!　このページでも紅白帽子を○ルトラ○ンみたいにして被ってるううううう!!　可愛いいいいいい!!　ショタコンになるうううううう!!」

「ならないでくださいッ!!」

小学生の俺ウ○ト○マンになりスギィ！　まさか小学生の自分が恋のライバルになるとは……。

「ふぅー、ふぅー、いやぁ、たくさんユートリノを摂取出来て私は満足だ」

「そ、そうですか」

まあ、先輩が幸せそうならそれでよかったですよ。……でも、せっかく部屋で二人きりなのに、これじゃイイ雰囲気にはならなそうだな。

——その時だった。

「ピーチャンキーック」

「う、うわっ!?」

ピーちゃんが物凄い勢いで飛んで来て、俺の背中にキックを喰《く》らわせてきた。大して痛くはなかったものの、思わずよろけてしまう。

「ゆ、優斗《ゆうと》……!?」

「――!!」

そして弾みで、先輩の肩を強く摑《つか》んでしまった。

「あっ！　す、すいません！」

「フフ、いや、全然大丈夫だ」

「……！　先輩」

「……優斗」

俺たちの間に、グラブジャムン並みに甘い空気が流れる。ピーちゃんグッジョォブ！

「……ん」

「――!!」

凜緒先輩が頬をほんのり赤く染めながら、目をつぶる。嗚呼、凜緒先輩……。

俺は凜緒先輩の唇に、自らの唇を――。

「ちゃんと避妊はするんだぞー」

「「――!!!!」」

扉の隙間から、姉ちゃんが下卑た笑みを浮かべながら覗《のぞ》いていた。

――お約束ゥ!!（n回ぶりn回目）

第十二羽：グエッ

「ユートリノ……じゃなかった久住《くずみ》、一緒に帰らないか」

「――！」

とある日の放課後、昇降口で凜緒先輩から声を掛けられた。ひょっとして俺を待っててくれたのかな？　先輩はスマホを持ってないので、急な待ち合わせが出来ないからな。学校一の人気者である、美人生徒会長の凜緒先輩が俺を待っててくれるって、先輩のファンクラブの人が知ったら、完全にデ◯ノート案件だよな。そこが誇らしいような、怖いような……。

「もちろんです。一緒に帰りましょう、先輩」

「うむ！」

ヒマワリみたいな満面の笑みを向けてくれる先輩。嗚呼、今日も俺の彼女が眩《まぶ》しいぜ！

「お待ちくださいお姉さまッ！」

「「っ!?」」

その時だった。耳に優しくない甲高い声が、俺たちの鼓膜を震わせた。思わず声のしたほうを向くと、そこには小動物を連想するような、ショートヘアの、小柄で可愛らしい女の子が肩を震わせながら立っていた。だ、誰？　でもこの子、どこかで見たことあるような……。

「ああ、真琴《まこと》、どうしたんだ、そんな血相を変えて」

先輩のお知り合いですか？　「お姉さま」って呼んでたしな。でも先輩の妹は、苺音《まおん》ちゃんだけのはず。

「どうしたもこうしたもございません！　何故《なぜ》お姉さまは最近、いつもこの男と二人でいるのですか!?」

真琴と呼ばれた彼女は、親の仇《かたき》を見るみたいな顔で、俺のことを睨《にら》みつけてきた。こーわ。

「え、えーと、君は？」

「私はお姉さまの非公式ファンクラブ『凜《りん》として橘《たちばな》』会長、絹原《きぬはら》真琴！　あなたのような何処《どこ》の馬の恥骨かもわからない男は、お姉さまと一緒にいる資格はないとハッキリ申しておきます！」

「――！」

絹原さんは人差し指で文字通り、俺をズビシと指差してきた。――ああ、思い出した。この子、いつも凜緒先輩の取り巻きの中で、一際熱い視線を投げかけてる子だ……。まあ、確かに絹原さんの言う通り――。

「確かに俺は先輩に相応《ふさわ》しくないかもしれないけど、それを君に言われる筋合いはないよ」

「なっ!?」

「ゆ、優斗……！」

凜緒先輩が俺のことを彼氏として認めてくれている以上、その座を他の誰にも渡すつもりはない。それは俺を選んでくれた先輩にも失礼になるしな。

「くっ！　この恥骨者がぁ！　あんま調子に乗るんじゃないわよッ!!」

粗忽者《そこつもの》みたいな言い方しないでよ。見掛けによらず口悪いな君。

「フンッ！　わかったわ。こうなったら正々堂々、クイズで決着をつけようじゃないの！」

「──は？」
ク、クイズ……？

「第一回、チキチキお姉さまに相応しいのはどっちか白黒つけちゃるわクイズ対決ー！」

「何か始まった!?」

絹原さんに無理矢理クイズ愛好会の部室に連れてこられた俺たち。そこで俺は絹原さんから、これまた無理矢理クイズ番組でよく見るアメリカンな帽子を被らされた。

「えーと、絹原さん、これは」

「見ての通りよ！　これからお姉さまに関するクイズを出題して、より多く正解したほうがお姉さまに相応しい相手ということ！　これであなたが勝った暁には、あなたを多少は認めてあげることを前向きに検討することもやぶさかではないわ！」

それほとんど認める気なくない？

「おお、面白そうじゃないか！」

「先輩!?」

凜緒先輩が目をキラッキラ輝かせている。ヤバい、先輩の何かに火がついてしまったらしい。

「フッフッフ、真琴、うちの優斗はこう見えてけん玉の腕はプロ級なんだぞ。――つまりクイズもプロ級ということ！　果たしてお前に勝てるかな？」

何ですかその謎理論!?　けん玉とクイズ、関係性でいったら十親等くらい離れてますけど!?

「くうっ！　私だってお姉さまに対する愛なら、銀河系一だと自負しております！　絶対に負けません！」

「うむ、よかろう！　受けて立つ！」

当事者を差し置いて勝手に盛り上がらないでいただけますかね？

「その代わり、もし私が勝ったら、恥骨者はお姉さまの半径五千キロ以内に、二度と近付くんじゃないわよ！」

俺に日本から出ていけと？

「フッ、どうせ優斗が勝つから問題ない！　そうだよな、優斗！」

微塵《みじん》も俺の勝利を疑っていないような、真《ま》っ直《す》ぐな瞳で俺を見つめる先輩。やれやれ、相変わらず先輩の信頼が重いぜ。人前じゃ俺のことは名字で呼ぼうって言ってるのに、また名前で呼んでるし。──でもまあ、愛する凜緒先輩にここまで言われたんだ。これで結果を出せなかったら、確かに彼氏でいる資格はないよな。

「はい。俺は絶対に勝ちますんで、見ててくださいよ、先輩」

「うむ！」

「ぐぬぬぬぬぬ……！　私に無断で甘ったるい空気を出すのは禁止ですッ！　さあ、早速始めますよ！」

回答者席へスタンバイする俺たち。席は三つ。回答者は端から俺、絹原さん、そしてピーちゃん──。

「何故ピーちゃんが!?」

「チャリデキタ」

「いや、やっぱクイズ番組の回答者は三人が定番じゃない？　でもちょうどいい人材が見つからなかったから」

何その謎のこだわり。まあ、実質絹原さんと一騎討ちみたいなものだから、別にいいけどさ。

「公平性を期すために、出題はクイズ愛好会の人にお願いしたから」

「クイズ愛好会の夢更《ゆめさら》です。宜《よろ》しくお願いします」

赤いジャケットを着た、いかにもクイズ出題者っぽい格好の男性が現れ、専用の台の前でマイクを握った。二〇〇二年の形をしたサングラスも掛けている。今時あれ掛けてる人、まだいたんだ……。

「私の雄姿をしっかりと見ていてくださいねお姉さま！　お姉さまのためならば、たとえ火の中水の中、スカートの中だってへっちゃらですわ！」

「そしたらさよならグッバイかな」

「お姉さま!?」

わざわざクイズで白黒つけなくとも、勝手に自滅しそうだよなこの子。

「それでは問題です！」

テレビでよく聞く『ドゥフッ！』みたいな音が鳴った。おっと、とはいえクイズでも負ける気はないぜ。凜緒《りお》先輩にもカッコイイところみせたいしな！

「江戸時代を代表する浄瑠璃や歌舞伎――」

これは！

――ピンポン！

すぐにピンと来た俺は勢い良くボタンを押した。

「久住選手どうぞ」

「近松門左衛門《ちかまつもんざえもん》！」

「ですが」

「へ？」

やられた……！　よくある最後まで聞かないと真の問題がわからないパターンか！

「橘凜緒さんが最近買ったお気に入りのラメ入りボールペンは何色でしょうか？」

――ピンポン！

「絹原選手」

「ピンク」

「正解！」

「余裕よ余裕」

近松門左衛門全く関係ないじゃん！　訳わからない問題でいきなり先制したくらいで、滅《め》茶《ちゃ》苦《く》茶《ちゃ》ドヤ顔かましてくるし……。

「優斗……」

凜緒先輩が潤んだ瞳で俺を見つめてくる。クッ、先輩にあんな顔をさせてしまうなんて……！　情けないぞ俺！

「それでは第二問」

次は絶対に正解する……！

「元禄《げんろく》十六年、曽根崎心中《そねざきしんじゅう》を上演した――」

――！　こ、今度こそは！

――ピンポン！

「はい、久住選手」

「近松門左衛門!!」

「ですが」

「ぬあっ!?」

またかよッ!!　何なのこの謎の近松門左衛門推し!!

「橘凜緒さんが最近お風呂で使っている入浴剤は何でしょうか？」

——ピンポン！

「はい、絹原選手」

「名湯、長万部カルロス！」

「正解です！」

「これが愛の力よおおお!!」

ストーカーの力の間違いでは!?　何で凜緒先輩が使ってる入浴剤を知ってるの!?

「ゆ、優斗《ゆうと》……」

嗚呼《ああ》！　先輩、そんな夫を戦場に送り出す妻みたいな顔はしないでください！　次こそは、次こそは正解してみせますから！

「それでは続いて第三問」

ここだけは、ここだけは外せない……！

「本名は杉森信盛《すぎもりのぶもり》という——」

──!!　い、いや、これはいつものやつだ！　ここはグッと堪《こら》えろ、俺！

「浄瑠璃、歌舞伎の作者は、近松門左衛門ですが」

もう近松門左衛門のこと嫌いになりそう！

「橘凜緒さんが最近ハマっている料理は何でしょうか？」

えっ!?　りょ、料理だと!?　クッ！　なるべく目を逸《そ》らしたい話題だけに、全然思いつかない……！

──ピンポン！

嗚呼！

「……あれ？」

が、早押しボタンを押したのは、意外や意外、ピーちゃんであった。どうやらクチバシでボタンをつついたらしい。

──ピーちゃん!?

「はい、ピーちゃん選手、どうぞ」

「ユウト　ヨロコンデクレルカナァ」

「ピ、ピーちゃん!?」

途端に耳まで真っ赤になる凜緒先輩。……おや？

「ユウトノオヨメサンニナッタラ　ウフフ」

「ピーーつぁん!?!?」

耳どころか全身くまなく真っ赤になって、悶絶《もんぜつ》しながら床を転がり出す凜緒先輩。……先輩。

「クズミリオニ　ナッチャウナ　キャー」

「うぉぉぉぉ!!!!!!」

「グエッ」

絶叫した凜緒先輩はピーちゃんを鷲掴《わしづか》みすると、転がりながら物凄《ものすご》い速さで教室を出て行った。……嗚呼、先輩、そこまで俺のことを。――俺もいつか先輩に、俺の名字を貰《もら》ってほしいです。

「お姉さまッ!?　くっ、覚えてなさいよこの恥骨者が!!　この借りは、必ず返すわよッ!!お待ちくださいお姉さまぁぁぁ!!」

典型的な三下悪役の台詞《せりふ》。

「ピーちゃん選手と絹原《きぬはら》選手の試合放棄により、優勝は久住《くずみ》選手です!　おめでとうございます!」

「あ、ありがとうございます」

俺はクイズ番組でよく見る、レイを首に掛けられた。何だかよくわからんが、優勝したらしい。

第十三羽：オネエサマ　アレヲツカウワ

「市が主催のけん玉大会!?」

「ああ、面白そうだろ？」

凜緒先輩から渡された一枚のチラシ。そこには少年がけん玉をしている、いらす○やのイラストがプリントされており、昔のホームページで使われていたような、虹色のダサいフォントで『今こそ集え！　暇なケンダマボーイ&ケンダマガール！』と書かれていた。

何だこのフザけたチラシは!?　喧嘩《けんか》売ってんのか!?

「何でまた、今時けん玉を？」

「どうやら市長の夢に、髭《ひげ》モジャでキトンを着た偉そうな人が現れ、『けん玉大会を開くべし』というお告げを置いていったらしい」

「そんな悪い意味でピュアな人が市長で、うちの市は大丈夫なんですかね？」

それに若干けん玉をバカにしてるような雰囲気もあるし、正直あまり乗り気じゃないな……。

「ん？」

その時だった。チラシの隅に、これまたダサいフォントで書かれていた、こんな文言が目に入った。

『優勝賞品はペア一泊温泉旅行チケット！』

「素晴らしい企画ですね凜緒先輩」

「おお！　ユートリノもそう思うか！」

どうやら俺のケンダマボーイとしてのプライドを、世界に見せつける時が来たようだ。絶対に負けられない戦いが、そこにはある！　そして必ずやペア一泊温泉旅行チケットを手にし、凜緒先輩と二人で『男と女、温泉、一泊。何も起きないはずがなく……』な展開に……！

「オトコッテ　ホントバカ」

うるさいぞピーちゃん。よーし、そうと決まったら特訓だ！


「ほっ、よっ、はっ」

家に帰って来た俺は、早速庭でけん玉の練習を始めた。最近凜緒先輩のことで頭がいっぱいで、けん玉が疎《おろそ》かになってたからな。気を引き締め直す、いい機会だったかもしれない。やっぱ俺の人生にとってけん玉は、掛け替えのないものだからな。

「あぁん！　クソッ！」

が、何度練習しても、『稲妻おとしスワップけん』という上級技の、玉をけんに挿すところが、二回に一回くらいしか成功しない。俺は前からこの稲妻おとしスワップけんが苦手なのだ。だが大会で優勝するためには、この技をマスターすることがほぼ必須。ただ、このペースでは大会までに間に合うかどうか……。

「アンタハ　イマシアワセカイ？」

「――！」

ピーちゃん……。

「シアワセカイ？」

「……ああ、幸せさ。少なくとも好きなことで感じる苦労は、ちっとも苦じゃないさ！」

そうだ、けん玉は俺の人生そのもの！　悩んでる時間なんてもったいない！　必ず大会当日までに、稲妻おとしスワップけんを仕上げてみせる！


――そして迎えた大会当日。

「あれ？　会場は本当にここで合ってるかユートリノ？」

「あ、合ってるはずですけど」

会場である市民体育館は、売れないインディーズバンドのライブ会場並みに閑散としていた。

「ううむ、隣に客を奪われてしまっているのかもしれないな……」

「ああ、そうかもしれませんね……」

隣のイベントホールでは、eスポーツの大会が開かれているらしい。そちらからは、ワーワーと凄い歓声が聞こえてくる。やっぱ今はeスポーツの時代なのか……。いや、でも、まだまだけん玉だって多くの人を魅了する底力はあるはず！　どれだけ観客が少なくとも、俺は自分のけん玉をするだけだ。それに――。

「頑張れよ優斗！　私が全力で応援してるからな！」

「はい！　ありがとうございます」

俺には凜緒先輩《勝利の女神》が付いているんだ。負ける気しないぜ！

「ピーチャンモ　イルヨ」

「はいはい、ありがとな、ピーちゃん」

「ふっふっふ、ここで会ったが千年目よ恥骨者ッ！」

「っ!?」

こ、この声は!?

「今日こそあなたに、インド洋、じゃなかった引導を渡してあげるわ！」

「……絹原さん」

クソ寒ギャグをお見舞いしながら現れたのは、ヤン百合ストーカー系女子こと、絹原さんだった。何故《なぜ》こんなところに絹原さんが!?　絹原さんの右手には、玉に『I♡凜緒《りお》』とプリントされたけん玉が握られている。

「ま、まさか……君も出場者なの？」

「そのまさかよ！　あなたがこの大会に出るという噂《うわさ》を偶然耳にしたから、こうしてあなたの土俵でプライドをズタズタにしてやることにしたのよ！　実にスマートな引導の渡し方だと思わない？」

スマートの意味ググったほうがいいよ？　そういうのは陰湿っていうんだよ？　大方偶然噂を耳にしたってのも嘘《うそ》なんでしょ？　蛇のように常時凜緒先輩のことをストーキングしてる君のことだ、俺がこの大会に出るという情報も、瞬時に摑んだのだろう。でも……。

「絹原さんは、けん玉の経験はあるの？」

「フン、あるわけないじゃない！　でもこんな子どもの遊び、二、三日自主練したらサラッとマスターしたわ！」

「へえ」

こりゃ俺の敵じゃなさそうだな。けん玉はそんな甘い競技じゃない。どうやら引導を渡すのは、俺のほうになりそうだ。

「お姉さま、私がこの恥骨者の恥骨とプライドをボッキボキにへし折るところを、しっかりと見ててくださいね！　必ずや、私のほうがお姉さまに相応《ふさわ》しいことを証明してみせます！」

「フム、やれるものならやってみろと言いたいところだが——その前に、この私を倒してからにするんだな！」

「「……は？」」

り、凜緒先輩？　先輩はおもむろに懐から、愛用しているボーダー柄のけん玉を取り出した。凜緒先輩!?

「ま、まさか先輩、も？」

「ああ、この大会にエントリーした！　だから今日はライバル同士だな、優斗《ゆうと》！」

「マジっすか……」

「そんな！　お姉さまとライバル同士なんて！……いや、でも、くんずほぐれつ絡み合うことによって育まれる愛もあるし、これはこれで……？」

この子の将来がガチで心配になってきたな。とはいえ、正直凜緒先輩の腕じゃ、まだまだ優勝は難しいとは思うけど……。

「優斗」

「――！　先輩」

凜緒先輩は、曇りのない真っ直《ます》ぐな瞳で俺を見つめる。

「実は、今まで優斗に黙っていたことがあるんだ」

「え？」

黙って、いたこと？

「初めて私が優斗に学校で声を掛けた時より前から、私は優斗のことを知っていたんだ」

「え……えぇっ!?」

そうだったんですか!?

「あの公園でけん玉の練習をしているところを偶然見掛けてな。……激しく胸を打たれたよ。あの頃の私は、失敗することを何より恐れていたから。だが、優斗はその失敗すら楽しんで、目をキラキラさせながらけん玉と向き合っていた。その姿勢に、私は大事なことに気づかされたんだ。優斗のお陰で、私の心は救われた」

「凜緒先輩……」

まさか俺なんかが、先輩の役に立てていたなんて……！　こんなに嬉《うれ》しいことはない……！

「だから今日はその恩を返すためにも、優斗に成長した私の姿を見てほしいんだ！」

先輩は右手に握ったボーダー柄のけん玉を、ズビシと突き出した。――ふふ。

「はい、望むところです。でも、俺だって負けませんよ」

俺も自分のけん玉を突き出し、先輩のけん玉にコツンと当てる。

「イイハナシダナー」

「ぬううう！　私の目の前で甘ったるい雰囲気を出すのは禁止ですよ！　いやもちろん、私がいなくても出すのは禁止です！　あとお互い目を見つめ合ったり、微笑《ほほえ》み合ったりするのも禁止ですッ！」

トレカの運営並みに禁止カード制定してくるな。

「アッハハー！　いやあ、いいねぇいいねぇ、青春だねぇ」

「っ!?」

こ、この声は!?（天丼）

「よっ、久しぶり、優斗くん、橘《たちばな》ちゃん」

「七瑚《ななこ》さん……」

「大師匠！」

そこに立っていたのは、いつもの『相葉玩具店《あいばがんぐてん》』のエプロンに身を包んだ、我らが師匠、七瑚さんだった。七瑚さんの右手にも、愛用のけん玉が握られている。

「もしかして、七瑚さんもこの大会に？」

「そういうことー。やっぱ弟子は、師匠を乗り越えてこそ一人前だからね。立ちはだかる壁になりに来てあげたってわけよ。ついでに温泉旅行チケットも欲しかったしねー」

七瑚さんはグヒヒと下卑た笑みを浮かべた。嘘つけ、これ絶対温泉旅行チケットのほうがメインだろ。まあ、とはいえ――。

「わかりました。今日こそ七瑚さんを超えてみせます。それが弟子としての、一番の師匠孝行だと思いますから」

「わ、私も、大師匠の胸を刈り取るつもりで頑張ります！」

刈り取っちゃダメですよ先輩。胸は借りるものです。

「うんうん、期待しておるぞよ。ホッホッホ」

髭を撫《な》でるようなジェスチャーをする七瑚さん。その大師匠ムーブ気に入ってるんですか？

──その時だった。

「レディイイイイスエエエエンドジェントルメェエエエエエエン！　みなさんどうもお待たせしました！　私が市長の小早川《こばやかわ》です！　よろしくマッチョヨッチョ☆」

──!?　二〇〇二年の形をしたサングラスを掛け、マイクを握ったアロハシャツのオッサンが、ステージの上に現れた。あのサングラス流行《はや》ってるの!?　てか、この人が市長なのか……。そんなにうちの市は人材不足なの？

「ぶっちゃけ参加者ゼロも覚悟してたんですけど、何と四人も暇なケンダマボーイ&ケンダマガールが集まってくれました！」

だから暇とか言うなやッ!!　すこぶる失礼マッチョヨッチョな市長だな！　てか、参加者俺たちだけかよ!?　全員身内やんけ……。

「さっさと終わらせてキャバクラで打ち上げしたいんで、早速一人目のケンダマガールに登場してもらいましょう！」

マジで終わってるわこの市長ッ!!

「エントリーナンバー一番、橘凜緒さん、ステージ上にカモン！」

「わ、私!?」

凜緒先輩──！　まさかのトップバッターとは……。ただでさえあがり症なのに、大丈夫かな……？──いや、師匠である俺が、先輩のことを信じてあげないでどうするんだ！

「先輩、先輩ならきっとやれます。自分を信じて、頑張ってください！」

「う、うむ！　ありがとう優斗！　いってくる！」

少しだけ肩を震わせながら、ステージに上る先輩。ああ、むしろ自分がやるよりも緊張するよ！

「お姉さまぁ！　けん玉を持つお姿も麗しいですぅ！」

「橘ちゃーん、肩の力を抜いてねー」

「ビールデモノンデ　リラックスシナヨ」

「うむ！」

――凜緒先輩！　俺は天に祈るように、手を組んだ。

「それでは、レッツプレイけん玉ファイ！」

「ふうぅ……。ハァッ！」

おお！　理想的に肩の力が抜けてる！　凜緒先輩の放った玉は、綺麗《きれい》な放物線を描いて大皿の上に着地した。上手《うま》いッ!!

「ハッ、ホッ、ハッ！」

続いて凜緒先輩は、玉を中皿と大皿の間を、リズミカルに行ったり来たりさせる。『もしかめ』という初級技だ。くうう、これまた淀《よど》みがない！　何て美しいんだ！

「ハアァッ!!」

そしてラストはキメ技の飛行機！　これも寸分の狂いもなく、けんはカシュッと小気味いい音を立てながら玉に収まった。凜緒せんぱあああああああい!!!!

「やった！　私やったぞ優斗！」

　満面の笑みでピースを俺に向けてくる凜緒先輩。先輩がこれだけ出来るようになるまで、陰でどれほどの努力を積み重ねてきたのかを想像すると、目頭が熱くなるのを抑えきれない。俺は目元を拭いながら、先輩にピースを返した。

「あばばばばばば、お、お姉さまぁ、しゅてきぃ」

　そんな俺の横では、絹原《きぬはら》さんが今にも昇天しかけていた。うん、ここで死人が出たら事情聴取とかが大変だから、家までは我慢してね。

「ブラボー！　いやあ、私もけん玉のことはよくわからないんですが、何となくいい感じだということはビシビシと伝わってきましたよ、ミス橘」

「ありがとうございます！」

　マジで適当だなこの市長。本能だけで喋《しゃべ》ってないか？

「それではキャバ嬢のカレンちゃんが私を待ってますので、次のケンダマガールいってみましょう！」

　一生待たせとけよ。

「エントリーナンバー二番、相葉《あいば》七瑚さん、カモン！」

「アッハハー！　ほんじゃいっちょ、カマしてきますかねー」

　ここで七瑚さんか！　早くも優勝候補筆頭の登場だな。凜緒先輩のけん玉も素晴らしかったが、技は初級のものばかりだったからな。実質的に、この大会は俺と七瑚さんの一騎討ちと言っても過言ではないだろう。ステージ上でけん玉を構える七瑚さんからは、圧倒的な強者のオーラが放たれている。

「それでは、レッツプレイけん玉ファイ！」

さっきも思ったけど、その掛け声若干イラッとするな。

「ほーらよっと」

「おお！　大師匠、凄《すご》いッ！」

最初に七瑚さんが見せたのは、最上級技である『円月はやてけん』。円を描くようにけんと玉を手から放して回転させ、華麗にけんをキャッチしたその流れで玉をけんにハメる。動きに一切の無駄はなく、完成された方程式を見ているような感覚さえする。……やっぱ七瑚さんはスゲェな。流石《さすが》俺の師匠だぜ。

七瑚さんはその後も次々と大技を一切ミスなく決め、フィニッシュした瞬間、会場中に割れんばかりの歓声が上がった。あれ!?　いつの間にか人が増えてる……。

「へっへーん、どうだい優斗くん、私もまだまだ捨てたもんじゃないだろう」

「ハハ」

それどころか、さっき自分で言ってた通り、完全に立ちはだかる壁ですよ。やれやれ、師匠を超えるのも楽じゃないぜ。

「いやあ、カレンちゃんの昇天ペガサスＭＩＸ盛りを彷彿《ほうふつ》とさせるような、素晴らしいけん玉でしたよ、ミス相葉」

「どーもどーも」

カレンちゃんて昇天ペガサスＭＩＸ盛りなの？　あれって実在したんだ。

「それではそろそろカレンちゃんから催促のラインがきそうなので、次いってみましょう！」

完全に心ここにあらずだなあんた。

「エントリーナンバー三番、絹原真琴《まこと》さん、カモン！」

「シャーオラー！　私が優勝を決める瞬間を、しっかり見ててくださいねお姉さまぁ！」

ここでダークホースの登場か。あれだけデカい口を叩《たた》くってことは、余程の秘策があるとでもいうのか？　まあ、見てればわかるか。

「それでは、えーと、レッツ……ファイ！」

自分で考えた掛け声忘れてんじゃねーよ。

「オラオラオラオラァ」

──なっ!?　絹原さんが開始早々に決めたのは、『マテオチャンス』というトップクラスに難しい技だった。そんな!?　俺だってマテオチャンスが出来るようになるまでには、何ヶ月も掛かったのに……！　ホントに初心者なのか絹原さんは!?

その後も絹原さんは、世界レベルと言っても過言ではないほどの高難度技を、次々にノーミスで決めていく。

「……どんな世界にもたまにいるんだよね、所謂《いわゆる》『天才』ってやつがさ」

「――！　七瑚さん」

ステージ上の絹原さんを見つめる七瑚さんの顔には、ある種の諦観が宿っていた。そんな……、絹原さんは七瑚さんをも凌《しの》ぐ、天賦の才の持ち主だったってことなのか……。大してけん玉に興味もなかったであろう絹原さんにそんな才能があったなんて、何という皮肉。――俺はこの時、人生という名の理不尽なゲームの実情を、まざまざと見せつけられた気がした。

絹原さんがフィニッシュ技を決めた瞬間、会場は今日一番の盛り上がりを見せた。

「勝ったなガハハ！　さあ恥骨者、処刑の時間よ！　処刑台という名のこのステージに、さっさと上がってらっしゃい！」

――くっ！

「大丈夫だ、優斗《ゆうと》」

「――!!」

凜緒《りお》先輩が俺の肩に優しくそっと手を置き、女神のような笑みを向けてくれた。――凜緒先輩！

「優斗が誰よりもけん玉を頑張ってることは、他でもない私が一番よくわかってる。けん玉の神様も、きっと優斗の頑張りを見てるさ。――お前ならきっと出来る。胸を張って、いってこい」

「は、はい、いってきます！」

そうだった、忘れてたぜ。俺には凜緒先輩《勝利の女神》が付いてるんだ。天才の一人や二人、敵じゃない！

「ピーチャンモ　イルヨ」

「そうだったね」

なら尚更《なおさら》負ける理由はないな。

「はいはい、いよいよカレンちゃんが痺《しび》れを切らして、この会場まで来てしまいましたので、ちゃちゃちゃっとラストのケンダマボーイに上がってもらいましょう！」

マジで!?　あっ。あの後ろのほうにいる、昇天ペガサスＭＩＸ盛りの女の人がカレンちゃんかな？　そもそもな話、キャバクラってこんな真っ昼間から営業してるものなの？

「エントリーナンバー四番、久住《くずみ》優斗くん、カモン！」

まあいい。俺は俺のけん玉をするだけだ。俺はふうっと深呼吸を一つしてから、ステージに上る。もっと緊張するかと思ってたけど、自分でも驚くくらい心が穏やかだ。周りの景色もよく見える。身体《からだ》も軽い。こんな感覚初めてだ。ひょっとしてこれ、所謂ゾーンに入るってやつなのか？

「これが正真正銘ラストです！　レッツプレイゴールデンけん玉ファイ！」

ゴールデンけん玉はギリギリじゃないか？　だが、そんな市長のクソ下ネタでさえ、今の俺の心は乱せない。

「ほっ、よっ、はっ」

「おお!! 優斗!! 凄い凄い!! 優斗!!」

「くっ……。なかなかやるわね」

まるでけん玉が生きてるみたいに、スルスルと思い通りに動く。自分の身体じゃないみたいだ。頭で考えるより先に、身体が最適解を導き出してくれる——そんな感覚だった。

あとはフィニッシュ技の、『稲妻おとしスワップけん』を決めるだけ！ 練習では結局成功率を百パーセントには出来なかったが、今の俺なら成功率は百二十パーセントだ！

俺は全身の力を抜き、けんと玉を虚空に解放した。けんと玉は、手を繋《つな》いだ恋人同士のように、仲睦《むつ》まじく円を描いた。よし、我ながら最高の出来だ！ あとは摑《つか》んだけんに、玉を刺してフィニッシュ——。

「——!?」

「ゆ、優斗ッ!?」

その時だった。あろうことかこのタイミングで、無情にもけん玉の紐《ひも》が切れてしまった——。嗚呼《ああ》ッ！ 玉は慣性の法則に従い、ステージ外に飛んでいく。——クソッ、何でよりによって今ここで……！

「マッテ アキラメルノハマダハヤイヨ」

「「——!?!?!?」」

ピーちゃん!?!?!?

その時、ピーちゃんが颯爽《さっそう》とステージ上に飛んできて、玉を脚でキャッチした。ピ、ピーちゃあああん!!!!!

「オネエサマ　アレヲツカウワ」

「ええ、よくってよ！」

俺はピーちゃんが運んできてくれた玉に、けんを天高く掲げて突き刺した。その瞬間、ピーちゃんが翼をバサァと広げ、まるで天使が降臨したかのような画が完成したのである。

「「「うおおおおおおおおお!!!!!!」」」

会場中は拍手喝采。スタンディングオベーションの嵐に包まれた。最初はあんなに閑散としていたのに、いつの間にこれだけの人が集まってたんだ……!?　よく見ればｅスポーツのＴシャツを着てる人が多いので、隣から流れてきたのかもしれない。会場の後方では、カレンちゃんが「フッ、なかなかやるじゃないか」みたいな顔で、不敵に腕を組んでいる。いや、何ライバルキャラみたいな空気出してんだよあんた。

「凄いッ!!　凄い凄い凄いッ!!　凄かったぞ優斗、ピーちゃんッ!!」

ありがとうございます凜緒先輩。ここまで来られたのも、凜緒先輩のお陰です。

「くっ！　な、何よ！　私の技のほうが芸術点高かったわよ！」

うん、まあ、それはそうだったかもね。

「アッハハー！　見事にカマしてくれたね優斗くん！　それでこそ、我が弟子だよ、うんうん」

師匠……。いや、俺はまだまだです。これからもご指導ご鞭撻《べんたつ》のほど、よろしくお願い

します。

「えー、盛り上がっているところ大変恐縮なのですが」

「「「――！」」」

市長？

「インコが参加するのは反則ですので、ミスター久住は失格です」

「「「――!?!?!?」」」

ああ、まあ、そりゃそうですよね……。


「こちらが優勝賞品の、ペア一泊温泉旅行チケットでーす」

「シャーオラー！　お姉さまぁ！　私と二人で行きましょうねー！」

「ハ、ハハ」

ステージ上でチケットをドヤ顔で掲げている絹原《きぬはら》さんに、苦笑いを向ける凜緒先輩。

「……その、残念だったな、優斗。でも、私は優斗のけん玉が、一番よかったと思うぞ！」

そんな凜緒先輩は、手をブンブン振りながら、俺に慰めの言葉をくれる。凜緒先輩……。

「ありがとうございます、先輩。ただ、あそこで紐が切れてなかったとしても、きっと俺は絹原さんに負けてましたよ」

「優斗……」

「でも、好きだけじゃ越えられない壁もあるって事に気づけただけでも収穫でした。人生はまだまだ長いんです。これからもずっと、俺はけん玉を続けます。そしていつかきっと、絹原さん《天才》をも超えて見せますよ」

「――！　ああ、そうだな。それでこそ、私の惚《ほ》れた男だ」

「……先輩」

「カレンちゃんおっ待たせー！　やっと終わったよー！　今日も副市長の奢《おご》りで、じゃんじゃんボトル開けちゃうよー！」

「「……」」

何度も言うけど、そんなにうちの市は人材不足なの？

第十四羽：ハヤクヌギナサイナ　カゼヲヒキマスワヨ？

「お姉さま、何故《なぜ》此奴等《こいつら》が!?」

「ヨバレテ　トビデテ　ジャジャジャジャジャーン」

　絹原さんがけん玉大会の優勝賞品として手に入れた、ペア一泊温泉旅行チケット。すっかり凜緒先輩と二人で泊まれると思っていた絹原さんは、先輩の他に俺、ピーちゃん、二《に》階堂《かいどう》君、苺音《まおん》ちゃん、風駒《かぜこま》先輩と、五人も同行者がいることに対して、困惑の色を隠し切れないでいた。

「この旅館は、父の知り合いが経営しているみたいでな。話をしたらチケットをくれたんだ。折角だからいいだろ、真琴？」

　あざとい媚《こ》び顔で絹原さんにお願いする先輩。でも多分先輩はこれ、天然でやってるんだろうな。

「ぐぬぬぬぬ……！　お、お姉さまがそこまで仰《おっしゃ》るのでしたら、百億歩譲って、今回だけは特別に許可します」

　落ちたな（確信）。流石《さすが》の絹原さんも、凜緒先輩には勝てなかったか。

「まったく、この恥骨者が。お姉さまに感謝なさいよ！」

「ちこつもの？」

「苺音ちゃんは真似《まね》しちゃダメだよ」

流石に苺音《未来の妹》ちゃんに恥骨者呼ばわりされたら泣きそうだ。

「まあいいわ。お姉さまと二人きりにさえなれば、この私自ら愛を込めて作った婚約指輪を渡すチャンスはいくらでもあるはず……」

……!? 絹原さんはボソッとそう呟《つぶや》きながら、ポケットからシルバーの指輪を取り出した。まさかこの人、この旅行中に凜緒先輩に求婚しようとしてるッ!? しかも指輪を自作するスキルもあるとか、ホントこの人無駄にスペックが高すぎる!! 人間性を代償に、神様からチートスキルを授かったとでもいうのか……!?

「ではお姉さま、私たちの部屋《愛の巣》へ参りましょう!」

「う、うむ」

五リットルくらいよだれを垂らしながら、凜緒先輩と腕を組んで二人部屋に消えていく絹原さん。だ、大丈夫だよな……? これで万が一、明日絹原さんからＮＴＲビデオレターが送られてきたら、俺死んじゃうよ?

「えーと、じゃあ俺たちの部屋割りはどうしましょうか?」

二人部屋が二つなので、普通に考えたら、男女で分かれる感じになりそうだけど。

「私はちこつものと同じ部屋はイヤ」

早速苺音《未来の妹》ちゃんに恥骨者呼ばわりされちまったぜちっくせう! 心配しなくとも、俺と苺音ちゃんが同室になる世界線は、端《はな》から存在しなかったよ!

「私は龍磨《りゅうま》お兄ちゃんと同じ部屋がいい！　お兄ちゃん、行こ行こ」

「え？　あ、ああ、うん」

――!?　苺音ちゃんは二階堂君の手を引いて、部屋の中に消えてしまった。えーと、そうなると消去法で……。

「オーホッホッホッ！　しょうがありませんわね。わたくしがあなたと同室になって差し上げますわ」

「いや、でも、流石にそれは……」

もし風駒先輩と同室だってことが凜緒《りお》先輩にバレたら、修羅場不可避……！

「まあまあ、寝る時になったらまた考えればいいじゃありませんの。とりあえず荷物を一旦下ろして、一息つきたいですわ」

風駒先輩はバッグの中からいつものマシンガンを取り出して、愛《いと》おしそうに撫《な》でた。何でこの人、温泉にまでマシンガン持ってきてるんだろ？

「何だか風紀が乱れそうな気がしますわ！」

そして何で嬉《うれ》しそうなんだろ？

「エッチナノハ　イケナイトオモイマス」

「ふふん、風紀委員たるわたくしに、そのような不埒《ふらち》な破廉恥行為を働く人なんかおりませんわ。安心なさい」

一番の風紀クラッシャーが何を言ってるんだろう……。

部屋に荷物を置いた俺は、ピーちゃんと二人で売店に向かう。こういう旅館の売店を覗《のぞ》くの好きなんだよな。絶対使い道のなさそうな、ご当地雑貨とかが売ってたりしてさ。

「いやっしゃいまし！」

「……もう驚かないよ？」

様式美の如《ごと》く、姉ちゃんが作務衣《さむえ》姿で売り子をしていた。

「今日はヘルプ？」

「ま、ね。そんなとこ」

姉ちゃんのこの謎のパイプは、どうやって広げてるんだろう？　我が姉ながら恐ろしい女だ……。まあいいか、とりあえず飲み物と、この十字架にドラゴンが巻き付いてるキーホルダーを買おう。厨二心《ちゆうにごころ》の血が騒ぐぜ！

「これ、お会計お願い」

「おまけで赤マムシドリンク付けときますね」

「いらないよ、戻して戻して」

愛人と不倫旅行に来たオッサンへの気遣いみたいなのやめろ。

「よお久住《くずみ》、お前も来てたのか」

「あ、二階堂君」

二階堂君も売店に来た。

「おお、君が二階堂君か。弟がいつも世話になっているね」

「え？」

状況が飲み込めていないのか、二階堂君が固まった。さもありなん。

「あー、詳しい事情は省くけど、これ、俺の姉ちゃんなんだ」

「優斗《ゆうと》の姉です。シクヨロ！」

「あ、どうも。こ、こちらこそ、久住にはいつも世話になってます」

困惑の色を浮かべながら、礼儀正しく頭を下げる二階堂君。本当に二階堂君はしっかりした男だよ。……うちの姉とは違って。

「えーと、じゃあ、これください」

飲み物をレジに置く二階堂君。

「おまけで赤マムシドリンク付けときますね」

「えっ!?」

「付けるな付けるな」

初対面の友達の姉から、赤マムシドリンクをおまけで付けられた、二階堂君の気持ちも考えろ！

「いや、あの、俺は……」

「ほら、二階堂君困ってるじゃないか！　マジやめてよ姉ちゃん！」

「ちぇっ」

「いい旅館ですわ。風紀も美味《おい》しいですし」

「空気も美味しいし、みたいに言わないで下さいよ」

と、そこへ風駒先輩も合流。

「おまけで赤マムシドリンク付けときますね」

「姉ちゃん!!」

風駒先輩はまだ何も買ってないよ!!

「没収しますわ」

いつもの癖で、流れるように赤マムシドリンクをポケットに仕舞う風駒先輩。おそろしく早い没収。オレでなきゃ見逃しちゃうね。

「優斗、三百八十円な」

「俺が払うの!? てかアレ売り物だったの!?」

「これで旅館の風紀は守られましたわ」

俺の財布の風紀は守護《まも》られなかった——!


「おお、いい眺めだな」

「そうだね」

「ゼッケイカナ　ゼッケイカナ」

温泉は露天風呂で、遠くに富士山も見える絶景スポットだった。

「全身の凝りが溶け出ていくようだぜ」

「……」

隣で湯に浸《つ》かる二階堂君の体は、男である俺から見ても、惚れ惚れするほど一切の無駄がなく引き締まっていた。まるで古代ギリシャの彫刻だ。それに比べて俺の体はほぼ凹凸がなく、貧相なもの……。情けない……。こんなんじゃやっぱり、凜緒先輩の彼氏として相応《ふさわ》しくないよな。——筋トレしよっかな。

「ウボァー。お、お姉さまのお体、美しすぎますううぅ!!」

「真琴《まこと》!?　お前鼻血噴き出てるぞ!?　オイ！　しっかりしろ、オイッ！」

隣の女湯から、何やら不穏な会話が聞こえてくるな。おのれ絹原さんめ、俺でさえまだ拝んだことのない、凜緒先輩の御神体《ごしんたい》に参拝しやがって。精々貧血で苦しむがいいよ。

「カラダガカッテニ」

「ピーちゃん!?」

その時だった。二階堂君の頭に乗っていたピーちゃんが、女湯に向かって颯爽《さっそう》と羽ばたいていった。うおおおい!?!?

「カシャ　カシャ」

「む!?　今、カメラ音がしたぞ!?」

「ゼッケイカナ　ゼッケイカナ」

今だけはピーちゃんと、網膜を交換したいよ……。


「あー、いい風紀でしたわ」

温泉から出て来た風駒先輩が、そんな感想を述べた。お湯ね、お湯。

「お姉さま、一緒に卓球やりましょう、卓球！」

「う、うむ、そうだな」

鼻の穴に血まみれのティッシュを詰めた絹原《きぬはら》さんが、凛緒先輩に抱きついてそう提案する。コラコラ、凛緒先輩から離れなさい！

……それにしても。

「ん？　どうしたユートリノ？　私の顔に何か付いてるか？」

「い、いえ！　何でもありますぇん！」

「？　そうか？」

くうううう！　風呂上がりの凛緒先輩の浴衣姿、色っぺえええぇ!!　ほんのり上気した頬。艶のある濡《ぬ》れた黒髪。チラリと覗く形のいい鎖骨。マーベラス！

「コラ恥骨者！　お姉さまのことを、発情期の豚みたいないやらしい目で見るんじゃないわよ！」

頭に特大ブーメラン刺さってるよ絹原さん。

「お姉さまは私とペア組みましょうね！　何せ今日は、私が獲得した、ペア一泊温泉旅行チケットでここに来てるんですから！」

「う、うむ」

隙あらばマウント取ってくるなこの人。

「私は卓球苦手だからパスする」

「オーホッホッホッ！　わたくしも無料のアイスクリームの品質調査で忙しいので、パスいたしますわ！」

「じゃあ俺と久住で、ペア組むか」

「うん、よろしくね二階堂《にかいどう》君。それにしても、二階堂君がラケット持つと、凄《すご》く小さく見えるね」

「昔、卓球選手になりたくてな。少しだけ通信教育で習った」

通信教育で卓球って習えるものなの？


「プレイボール」

鶴の一声ならぬ、ピーちゃんの一声で試合が始まった。プレイボールは野球だけどね。

まずは二階堂君のサーブからだ。

「ほらよっ」

おお！　絶妙な回転が掛かった、素晴らしいサーブだ！　つうしんきょういくのちからってすげー！

「ふっふっふ、甘いわぁ！」

――！　が、絹原さんはそんな必殺サーブを物ともせず、絶妙な角度で俺のほうに球を打ち返してきた（さっきから俺『絶妙な』しか言ってないな）。マジでこの人、スポーツの神に愛されすぎじゃない!?　ひょっとしてスポーツの神、絹原さんに弱みでも握られてたりする!?

「久住！」

「オ、オーライ、二階堂君！」

大丈夫、大丈夫。けん玉だって卓球だって、同じ球技じゃないか。いつも通りやればいいんだ、いつも通り。――そう、球を優しく、包み込むように。

「ああ!?」

が、いつもの要領で球を打ち返したところ、球は全然飛ばず、あえなくネットに引っ掛かってしまった。ジーザス！　やっぱけん玉と卓球じゃ勝手が違うよ！　けん玉は『玉』を迎え入れる球技だもん！　それに対して、卓球は『球』を打ち返す球技。同じ球技でも、方向性は真逆なんだ……。

「ちこつもの下手くそ」

もうやめて苺音《まおん》ちゃん！　お義兄《にい》さんのライフはゼロよ！

「このバニラアイス、とても芳醇《ほうじゅん》な味がしますわぁ」

そしてあんたは人生楽しんでんな！

「プークスクス！　恥骨者はやはり恥骨者だったようね！　プークスクス！　プークスクスクス！」

リアルでプークスクスって言ってる人初めて見たよ。

「さあお姉さま、次はお姉さまのサーブですよ！　恥骨者をギャフンと言わせてやってください！」

リアルでギャフンを使ってる人も初めて見たよ。

「う、うむ、任せておけ」

凜緒《りお》先輩はガチガチに緊張した素振りで、球を構えた。あ、これ、もうオチ読めたな。

「せ、先輩、リラックスが大事ですよ、リラックス」

敵ながら思わずアドバイスしてしまう。

「うん、リラックスリラックス。リラックスリうどりゃあああああッ!!!!!」

「お姉さま!?!?!?」

親の顔より見た光景。

——結局俺と凜緒先輩が足を引っ張り合ったことで、見るも無残な泥仕合となったが、ギリギリのギリで、何とか俺と二階堂君のチームが勝ったのであった。

「ショウリノポーズ　キメ」

「う、うぐぅ。すまん真琴、私が不甲斐《ふがい》ないばかりに……」

「そんなッ！　大丈夫ですよお姉さま！　卓球が苦手なお姉さまも、それはそれでアリよりのアリでアリーヴェデルチですよ！」

いい加減その本能だけで喋《しゃべ》るのやめてくれない？

「この抹茶アイス、とても芳醇な味がしますわぁ」

そしてあんたは『芳醇な味』しか言わねーな。

「たまに弟たちが作ってくれる抹茶アイスとは、随分違いますのね。苦みが少ないですわ」

その話は泣きそうだから、詳しく聞かないでおこう。


「オーホッホッホッ！　これぞ鯛《たい》や風紀の舞い踊りですわぁ！」

鯛や比目魚《ひらめ》ね？　でも確かに、出された夕食は竜宮城もかくやと言わんばかりの、豪勢なものだった。

「わたくし風呂敷を持ってきましたことよ？」

「先輩持って帰っちゃダメですよ」

「——何故《なぜ》ですの!?」

風駒《かぜこま》先輩が般若《はんにゃ》の形相で俺を見た。

「弟たちが活《い》きた魚肉を楽しみにしてますのよ!?」

言い方が。

「今度お家に持って行きますから、今回は、ね？」

「ちくせう……ですわ！」

血の涙を流しながら刺身を頬張る風駒先輩。何だか可哀想《かわいそう》な気がして、自分の分のマグロを全部あげた。

「サーモンもくださる？」

「あげません」

すぐ調子に乗るんだからこの人は。

そしていよいよ就寝の時間がやってきた。

「あ、やっぱり俺は苺音ちゃんと代わってもらって、二階堂君の部屋で寝ますね」

「風紀故すみませんわ」

「——あっ！」

その時だった。立ち上がろうとした途端、テーブルの角に足をぶつけてしまい、その拍子にコップに注《つ》いでいた飲み物が零《こぼ》れて、俺の浴衣がびちゃびちゃになってしまった。

ジーザス!!

「あらあら、そんなドジっ子アピールしても、わたくしの好感度は上がりませんことよ？」

別にアピってねーっす！

「早く脱ぎなさいな。風邪をひきますわよ？」

自分のポケットを探る風駒先輩。ハンカチを貸してくれるのかな？　意外と優しい面もあるじゃん。

「ん？　ポケットに何かありますわ」

そして取り出したのは赤マムシドリンク。さっきのやつだッ！

「二十四時間戦えますか！」

「風駒先輩!?」

先輩は赤マムシドリンクを豪快に一気飲みした。いやハンカチは!?

「……や」

「え？」

風駒先輩？

「野郎共!!　風紀を乱したいかー!!」

「人が変わった!?」

「風紀があれば何でも出来る！　いくぞー!!」

「誰!?」

若干顎をしゃくらせてるし！　マムシドリンクで酔う人初めて見た！　風駒先輩は部屋に備え付けの麻雀牌《マージャンパイ》を取り出した。

「風紀委員名物、風紀麻雀をやりますわ！」

もうこれ絶対風紀守ってないよね？

「いやいやいや、俺麻雀やったことないですし、ルール知りませんよ？」

「わたくしが特別貴殿のために一肌脱いで、手取り足取り魂取ってお教えいたしますわ！」

魂は返して下さいお願いします。

「風紀委員が麻雀教えちゃって良いんですか!?」

「風紀は乱すためにありますのよ！」

遂《つい》に言っちゃった!!

「その前にトイレ行ってきます！」

「サンジュウロッケイ　ニゲルニシカズ」

余計なこと言わないでピーちゃん！

「――なあ真琴《まこと》」

――！　命からがらデンジャラス風紀クラッシャーからは逃げてきたが、凛緒先輩と絹原さんの部屋の前を通り掛かると、部屋の中から凜緒先輩の声が聞こえてきた。よく見れば入口が薄《うっす》ら開いている。ど、どんな会話をしてるんだろう？　いけないこととはわかっていつつも、隙間から中を覗《のぞ》くのを我慢出来なかった。

「皆で食べようと作ってきたんだが、出す機会がなくてな、良かったら食べないか？」

凜緒先輩が重箱を開けて、満面の笑みでそれを絹原《きぬはら》さんに差し出していた。あ、あれは――。

「それはもう、滅茶苦茶《めちゃくちゃ》いただきます！……え」

中身を見た途端、ＦＸで有り金全部溶かす人の顔になる絹原さん。さもありなん。そこには『バイオハザード』の小道具なんじゃないかと錯覚するほどの、おぞましい物体たちがＩＮやＯＮしていたのだ。何か凜緒先輩、料理の腕がどんどん暴落してないですかね!?

「ちょっと気合いを入れすぎたかな？　いっぱいアレンジしてみたぞ」

片栗粉《かたくりこ》が固まって野菜にくっついている、謎の赤い物体Ｘを見て困惑する絹原さん。そろそろ凜緒先輩は、気合いを入れるほど事態が深刻化するというのを自覚していただきたい！

「と、とりあえずいただきます」

アッ、絹原さん――。

「――んぐ!?」

謎の赤い物体Ｘを口に入れた途端、この世の終わりみたいな顔になる絹原さん。わかる！　俺にはその気持ち、凄《すご》くよくわかるよ絹原さんッ！

「ん？　どうかしたか真琴？　おかわりならまだあるぞ？」

重箱が三つ、部屋の隅に置かれている。作りスギィ！

「お姉さまの手料理を食べた人は、私の他に……」

「優斗《ゆうと》だけだ。優斗はいつも嬉《うれ》しそうに私の作った料理を食べてくれるぞ？　泣くほど嬉しいらしくて、また頑張って作ろうって気になるんだ」

俺のせいだったかぁ！　ゴメンよ絹原さん！

「マジで？」

「もういいのか？」

「え、ええ、実はさっきの夕食を食べすぎてしまいまして……、ご馳《ち》走様《そうさま》でした、お姉さま」

「それじゃあ、私は優斗へ料理を差し入れてこよう」

ヤ、ヤバい！　眼前の惨劇に手を合わせ、俺はさっさと部屋に逃げ帰った。

「うわっ！」

部屋に戻ると、麻雀牌はそのままに、風駒先輩が布団から足を出してグーグー寝ていた。

こんなところ凜緒先輩に見られたら、絶対誤解される!!　俺は慌てて麻雀牌を片付け、風駒先輩の全身を布団で覆って隠した。

「優斗、入るぞ」

「――！」

と、そこに、凜緒先輩の声が――。

「ま、待っ――」

「ゆ、優斗？」

部屋に入って来た先輩が、大きく目を見開いた。

「ど、どうしましたか？」

「そこに落ちてる麻雀牌は何だ？」

「――げ！！」

見れば一つだけ、片付け損ねた麻雀牌が足元に転がっていた。ジーザス！！

「まさかお前、学生の身分で賭け麻雀を？　むしろ金銭だけでは飽き足らず、血液や腕一本を賭けの対象にして、愉悦に浸っていたのでは？」

発想が飛躍しすぎですよ凜緒先輩！　意外と麻雀漫画はよく読んでたりします？

「いや、これはちょっと、二階堂《にかいどう》君と遊びでやってただけですよ」

「……二階堂はもう寝たのか？」

俺の後ろの風駒先輩を覆っている布団を、ジト目で見る凜緒先輩。

「ええ、大分疲れが溜《た》まってたみたいで」

「オコサナイデクレ　シヌホドツカレテル」

「うぅーん、むにゃむにゃむにゃ」

「「――!!」」

その時だった。寝ぼけた風駒先輩が布団を剝がし、着衣が乱れたお姿が露《あら》わに――。

ジーザアアァァス!!!

「……もう点棒がありませんわ。……これは体で払うしかありませんわぁぁ……」

「優斗ぉぉおおお!!!　見損なったぞ!!　まさかお前が彼女と同じ旅館に泊まっていながらも、他の女と大人の麻雀大会に勤《いそ》しむような、エロ漫画主人公も真っ青の鬼畜系男子だったとは!!」

「ご、誤解です凜緒《りお》先輩!!　風駒先輩と同室になったのは手違いで、麻雀をやっていたのも風駒先輩なんです！」

あと、こんな時に何ですけど、凜緒先輩、意外とエロ漫画に造詣が深かったりします？

「風紀委員が麻雀なんかするわけないだろ！」

「します！　しました！　してました！」

風紀委員三段活用！

「む!?　これは」

「……あ」

テーブルの赤マムシドリンク（空）を手に取り、目を見開く先輩。俺、前世でそんなに

悪いことしたのかな!?

「ゆ、優斗……!?」

「俺は飲んでないです違います!」

「……むにゃむにゃ」

「どういうことなんだはる!?――む!?」

凜緒先輩が布団を完全に剥がすと、何故《なぜ》か風駒先輩の隣にもう一つ枕が……!

「何故枕が二つ!?」

「私が聞きたい!!」

「知りません! 存じません! 憶《おぼ》えが御座いません!」

枕三段活用!!

「ワタクシガヒトハダヌイデ　オオシエイタシマスワ」

「――!?」

ピーちゃあああああん!!!

「ハヤクヌギナサイナ　カゼヲヒキマスワヨ?」

「――なっ!?」

オワタ。

「……覚悟はいいか、優斗?」

漫画みたいにパキポキと指を鳴らす先輩。

「あ、あまりよくはないですが」

こうなってしまった以上、すぐに誤解を解くのは無理そうだ……。俺は凜緒先輩からの愛が籠った瞬獄殺を、甘んじて受けたのだった。


「痛《いて》」

昨日は酷《ひど》い目に遭った。まだ全身のありとあらゆる細胞が悲鳴を上げている。朝食の味《み》噌《そ》汁《しる》が口の中の傷口に沁《し》みるぜ。

あの後何とか誤解は解けたものの、未《いま》だに凜緒先輩は俺と目を合わせてくれない。

「あの……」

「ん？」

その時だった。絹原さんが神妙な顔で、俺に話し掛けてきた。な、何か御用ですか？

「もしかしたら、あなたは名馬の恥骨なのかもしれません。今回は私の負けです。あなたには名誉恥骨者の称号と、この指輪を差し上げます」

「は？」

絹原さんお手製の、愛の籠った婚約指輪を渡された。是非いらないです。お返ししたい。

「愛だけが越えられる壁があることに気が付いたのです。私の愛はまだ足りない」

「はい？」

涙ながらに去って行く絹原さん。何かキャラ変わってない？

「イタダキ」

「あっ」

ピーちゃんに指輪を奪われた。ああ、ピーちゃんはこういう光り物を集めるのも大好きだからな。まあ、俺が持っててもしょうがないし、ピーちゃんにあげるよ、それ。

「おはようございますわ」

「お、おはようございます」

と、今度はそこに風駒《かぜこま》先輩。

「ところで貴殿は何故そんなにグチャグチャなのかしら？」

「先輩のせいですよ」

「何かしたかしら？」

まさかの憶えてないパターン!?

第十五羽：ヤレヤレ　オヤスクナイゼ

「り、凜緒先輩？」

「……」

放課後の帰り道。凜緒先輩と二人（とピーちゃん）で並んで歩いているものの、さっきから一向に先輩は俺のことを無視し続けている。先日の旅行先でのことを、まだ許してもらえていないのだ。こうして二人で帰ってくれていることからも、愛想を尽かされたわけではないのだろうが、はてさて、どうしたら許してもらえるのだろうか……。こういう時、女性経験豊富な男だったら、スマートに解決出来たりするのかな？

「あのー、先輩？」

「つーん」

自分の口でつーんて言う人初めて見たよ……。ちょっと可愛《かわい》いが、完全に見えない壁を作られてしまっている。どうやったらこの壁を崩せるのだろう……。

「ユウトノ　バカ」

「「――!!」」

その時だった。例によってピーちゃんが空気を壊してきた。こ、これは……!?　果たして鬼が出るか蛇が出るか……！

「ワタシダッテ　ユウトトオナジヘヤニ　トマリタカッタノニ」

「「――!?」」

……凜緒先輩。

「ち、ちちちち違うぞ優斗ッ!?　わ、私はこんなこと、思ってないし言ってもいないぞッ!!」

耳まで真っ赤になりながら、これでもかと目を泳がせている凜緒先輩。俺の凜緒先輩は、今日も可愛い（様式美）。

「ふふ、わかってますよ。先輩、これから俺の家で、ボードゲームで遊びませんか？」

ボードゲームだったら、機械音痴の先輩でも出来るでしょうし。

「おお！　いいなボードゲーム！　負けないぞ、フッフッフ」

絵に描いたように上機嫌になった凜緒先輩。ありがとうピーちゃん！　助かったぜ！

「ホウシュウハ　ドライフルーツデ　イイゼ」

はいはい、最高級のをご用意させていただきますよ。


「1、2、3、4……『海賊王になると言ってカヌー部へ入部。一万ドル払う』か。はい、一万ドル」

嬉々《きき》として紙の一万ドル札を払う凜緒先輩。これは七瑚《ななこ》さんの相葉《あいば》玩具《がんぐ》店《てん》で買ったボードゲームだが、先輩も気に入ってくれたようで本当に良かった。

「じゃあ次は俺ですね」

ルーレットを回すと、出た数字は3だった。

「1、2、3……『プロポーズするために結婚指輪を買う。三万ドル払う』か」

「プロポーズ　スル　サンマンドル　ハラウ」

「プ、プロポーズ……!?」

凜緒先輩!?　途端、顔がカーッと赤くなった凜緒先輩。何を想像したんですか!?

「あー、先輩の番ですよ」

「そ、そうだな！　それ！」

先輩がルーレットを回すと、出た数字は5。

「1、2、3、4、5……『夜景の綺麗《きれい》なレストランで、恋人からプロポーズされ、結婚した』。け、結婚んんんんん!?!?!?」

「先輩!?!?」

両手で顔を覆いながら、床をゴロゴロ転がって悶《もだ》える先輩。妄想力が逞《たくま》しすぎるぞこの人!!

「え、えーと、俺の番ですね」

出た数字は6。

「1、2、3、4、5、6……『悟りの末、パンツ職人に転職』か」

「パンツショクニンニ　テンショク」

何かこのボードゲーム、遊び心がつまりまくってるな。よもや七瑚さんが作った物じゃないだろうな？

「プロポーズ……。優斗《ゆうと》からプロポーズ……」

一方凜緒先輩は、仰向《あおむ》けで宙を見つめながら独り言を呟《つぶや》いている。俺はまだプロポーズしてませんよ？

「先輩の番ですよ」

「う、うむ！　既婚者の私が、ルーレットを回すぞ！　既婚者の私がッ！」

メッチャ既婚者なことアピールしてくる。

既婚者の凜緒先輩が出した数字は2。

「1、2……『ベビーブーム到来。ルーレットの数だけ子どもが出来る』……って、ハアアアア!?!?!?」

「凜緒先輩!?!?」

茹《ゆ》でダコみたいに全身真っ赤になりながら、頭を抱える凜緒先輩。こんなに一喜一憂してくれたら、ボードゲームの製作者も本望だろうよ！

「こ、子ども……、優斗と私の……子ども」

目をグルグルさせながらルーレットを回す凜緒先輩。だから俺たちはまだ子どもは作りませんよ！

茹でダコ先輩が出した数字は……9。

「キュウウウウウウ!?!?!?　野球チームが作れちゃうううううう!!!!!!　そんなに私、頑張れるかなあああああああ!!!!!!」

「凜緒《りお》先輩ッ!?!?!?」

「ヤレヤレ　オヤスクナイゼ」

「野球チームの監督は私にやらせてくれよー」

「「――――!?!?!?」」

例によって扉の隙間から、姉ちゃんが下卑た笑みを浮かべながら覗《のぞ》いていた。

少なくとも姉ちゃんにはやらせねーよ!?

第十六羽：オンナノヒトハ　ペキンダックダトオモエバ　イインダヨ

正社員採用が決まったのが先月。もう辞めたい。そう呟いたのは今日三回目だ。思っていたのと違う。でも、それでも続けなきゃと思って頑張ってきたけれど、しんどくて仕方ない。

「ラッシャセー」

気晴らしに立ち寄った猫カフェに、インコがいた。見たことあるような、そんなインコだ。

「い、いらっ……シャ、しゃいまっ……セッ！」

「おわっっ！」

一瞬入る店を間違えたかと思うくらいに、険しい表情をした殺し屋がカウンターの向こうから、白目を剝《む》いて私に何か言葉を発してきた。

「二《に》階堂《かいどう》君、落ち着いて」

テーブル席に座っていた男の子が、殺し屋？　に駆け寄り手を伸ばして肩を揺する。うん。間違いない。ピー子の飼い主の男の子だ。あの後グチャグチャになって引きずられていったけれど、どうやら無事だったようだ。何よりだ。

女の子のほうは、どうやらいないらしい。最近の子は可愛い顔して殺《や》るもんだな、と心の中で呟いた。

「ごっ！」

殺し屋？　がまたもや白目を剝いた。

「ご？」

「ごちゅう！」

「五中？」

私は七中卒だ。だが恐ろしくてそんなことは口が裂けて自我を持っても言えない。最近は『てめーどこ中だよ詐欺』なるものが流行《はや》っているらしいからな。同じ中学卒に見せ掛けて仲良くなり、隙を突いて金をせしめる卑劣極まりないやり口らしい。

「二階堂君、二階堂君」

見かねた男の子が殺し屋？　を店の奥に連れて行く。事件の匂いがする。そして私は置いてけぼりだ。とりあえず適当な席に座っておこう。

店内は綺麗にレイアウトされており、飲食スペースと猫の居住スペースの間はガラスで仕切られていた。カウンターにはオシャレな玩具や小さなビリヤード台が置かれており、店主の子ども心が覗《うかが》えた。

ふとガラスの向こうに三毛猫が見えた。三毛猫は私と目が合うと中指を立ててあくびをしてきた。なんともガラの悪い猫だ。

「ニカイドウクン　ドウシタノ」

二人が見えなくなると、インコが喋《しゃべ》り始めた。相変わらずよく喋る奴《やつ》だ、と素直に感心する。

「キ　キレイナ　オネエサン　キンチョウスル」

インコが申し訳なさそうに私の方を見た。

「イイカイ　ニカイドウクン？　オンナノヒトハ　ペキンダックダトオモエバ　イインダヨ」

裏で行われているであろう会話はピー子によって筒抜けらしい。

どうやら殺し屋？　クンは綺麗なお姉さんを相手にするとああなるらしい。悪くない。うん、悪くはないぞい。

「ドウイウコトダ？」

北京ダックに関しては私もそう思う。せめてカボチャにしてほしい。

「イイノ　オレモペキンダックハ　タベタコトナイカラ」

じゃあせめて食べたことあるものにしろよ。

「ソウカ　ソウスル」

二人が戻ってくると、ピー子はオモチャをズコズコズコと激しくつつき遊び始めた。

「ご、ごちゅうもぉぉんは!?」

多少マシになった口調で、殺し屋？が尋ねてきた。たった今『北京ダック北京ダック』と口の中で繰り返されたかと思うと、少し切ないがまあ良しとしよう。

私は二つ折りのメニューをめくり、アイスコーヒーを頼んだ。

「ぁしこまりましたァ!!」

形容しがたい発音で、殺し屋？　がカウンター内に戻ってゆく。彼がコーヒーを煎れるのか……大丈夫だろうか？　少し背伸びしてカウンター内を覗き込むと、険しい顔をしたまま、冷蔵庫を開ける姿が見えた。扉の開いた音がすると、席に戻ったはずの男の子がまたもや慌てて殺し屋？　に駆け寄った。

「二階堂君!?」

「止めるな久住《くずみ》……!!」

「ダメだって二階堂君！　それは禁忌《タブー》だよ！　トップオブ禁忌《タブー》！　それも禁忌《タブー》選手権ぶっちぎりの三連覇達成!!」

見れば殺し屋？　が何やら赤や青、茶色の小さな缶コーヒーを手にしている。

「手が震えてコーヒーが作れない……!!　だがこれなら間違いない……!!」

「間違いないけど、間違えてるよ……!!」

「ブレンドすればセーフ……!!　ノーカン……!!」

「ダメだ二階堂君！　お客さんを裏切るのかい!?」

「――!!」

ドタバタがピタリと止まった。どうやら決着したようだ。

ピー子も落ち着いたのか、首をくねくねしながら「センパイノミズギ　センパイノミズギ」と連呼している。とんでもないカフェに来たもんだ。

「すまない久住」

「いいんだ。ありがとう二階堂君」

カウンターの中で二人が握手をしていた。

「これは俺がこっそり飲んでおくよ」

男の子が缶コーヒーを一つ開け、カップに注《つ》ぐ。そして何食わぬ顔で席へと戻った。全て丸聞こえだったけれど、黙っておこう。私は大人だからな。


「優斗」

ドアベルが鳴ると、凛《りん》とした顔付きの女の子が颯爽《さっそう》と現れた。見覚えのある凶悪犯だ。

「凛緒先輩」

「い、いらっしゃい」

やや緊張した空気を出しながらも、三人は会話を始めた。あ、私のアイスコーヒーはまだですか？

「む、コーヒーか」

女の子が男の子のカップに口を付けた。例のブツだ。二人に緊張が走るのが見て取れた。

「うん、相変わらずピ階堂の煎れたコーヒーは美味《おい》しいな」

どうやらこの子は味音痴らしい。二人もホッとしたのか、胸を撫《な》で下ろしている。

「二階堂君。凜緒先輩にはコーヒーを」

「承知」

コーヒーを待つ間、女の子がピー子に近寄り、後ろ手のまま静かに声をかけた。

「ねえピーちゃん。優斗は私の事何か言ってた？」

嫌な予感がした。それも特大のやつだ。

「ペキンダック」

シーッ、とジェスチャーをする前にピー子がさらりと答えてしまった。やはり中に人が入っているらしい。女の子がどんな顔をしているのか定かではないが、ピー子がすうっと静かに目をそらしたのが見えたので、ある程度は推測が出来た。

「ゆーうーと？」

「どうしたんですか凜緒先輩？」

今、振り向いた般若《はんにゃ》を見て、男の子が何かを察したが何の事か思い当たらないのであろう。その顔には戸惑いと焦りが見て取れた。

「北京ダックって、なぁに？」

「ふぇっ!?」

「オンナノヒトハ　ペキンダックダトオモエバ　イインダヨ」

「ふぁぇっ!?」

終わった。グチャグチャになる未来が見えた。

「ネコちゃん元気ありませんねぇ……アレでもキメますかぁ？」

ガラスの向こうで、顔に傷しかない男が猫の餌に茶色の怪しい粉をまぶしているのがチラリと見えた。多分マタタビなのだろうけど、なんだか危険なカフェに来てしまった気がしてならない……。

ただ、不思議と居心地は悪くない。可愛《かわい》い殺し屋さんもいるしね。

「ふふ」

「……！」

私と目が合って、赤面しながら慌てて目を逸《そ》らす殺し屋さんに、内心ほくそ笑んだ。

第十七羽：イイハナシダナー

「む!?」

「？」

今日は先輩と話題の映画、『転生したらセキセイインコだった件』を観《み》に来たのだが、映画館のグッズ売り場で先輩は突然立ち止まり、ある一点を凝視した。視線の先を追うと、そこにあったのはこの映画館のマスコットである、『ポップコーン監督』というゆるキャラのキーホルダーだった。

「凛緒《りお》先輩、こういうのに興味あるんですか？」

「い、いや!? これっぽっちも、毛の先ほどの興味もないぞ!?」

メッチャありそう。肝試しの時もそうだったけど、別に今更変な意地を張る必要ないのになぁ。まあ、先輩のそんなところも可愛いんだけどさ！

「わ、私はチケットを発券してくるから、ここで待っててくれ！」

「あ、はい」

発券機へと駆けていく先輩。よし、今のうちに――。

「すみません――」

手を上げ注文を告げようとした矢先、こちらを振り向いた店員はいつもの見慣れた姉だった。

「ビーフオアチキン？」

「なんで映画館で機内食？」

「うそうそ、ポップコーンと炭酸飲料だろ？」

「あ、うん。二つずつお願い」

「ほいよ。あ、そうそう、途中でトイレ行きたくなったら手を上げろよ？　映画止めてやるからな」

「他のお客さんに迷惑だよ!?」

「もし軽く寝落ちしたらポップコーンを頭に乗せな。一分くらいなら戻せるから」

「だから他のお客さんに迷惑だってば！」

「ところで今日は何を観に来たんだ？　アレか？　卒業式の後、伝説の二宮金次郎《にのみやきんじろう》像の上で告白しようとしたら用務員の先生と体が入れ替わっちゃうやつか？」

「違うよ!!　流行のやつだよ」

何だよその映画、地味に気になるな……！

「何だやっぱり伝説の二宮金次郎像の上で告白するやつかい」

「何で流行ってんのそれ!?」

「ほれ、ポップコーンとジュース。ついでにこのキーホルダー二つおまけしとくな。引くほど売れないから宣伝兼ねて着けてくれ」

酷《ひど》い言われようだ……。

「優斗《ゆうと》ー！　大変だボタン押しただけなのに機械が――」

「えっ⁉」

見れば発券機から、モクモクと白い煙が噴き出ていた。しまった！　先輩に近代機器を触らせるべきではなかった！


「先輩、これどうぞ」

紆余曲《うよきょく》折《せつ》あった末、やっと席に着いた俺は、先輩にポップコーンと炭酸飲料を渡す。

「あ、ありがとう優斗。……本当にすまないな。優斗はこんなによくしてくれてるのに、私は役立たずで……」

「凜緒先輩……」

しょぼんという効果音がバックに聞こえるくらい、肩を落とす先輩。

「大丈夫ですよ先輩。いつも言ってるじゃないですか、苦手なことは誰にでもあります。まだまだ人生は長いんですから、少しずつ克服していけばいいんですよ」

「優斗……」

何となく映画が始まる前から、ハニーキャラメルポップコーン並みの甘い空気が漂う俺たち。隣の席の独りで観に来てるオジサンから、ジロリと恨めしい目線を向けられた。こ、怖《こわ》……。

そしていよいよ映画が始まった。圧倒的な映像美と息を呑《の》むストーリー展開で時間を忘れ、あっという間に場面はクライマックスに。二人の男女が、夕焼けをバックにキスをしようとしている。

「おっと」

その時だった。ポップコーンを取ろうとした凜緒先輩の手が滑り、ポップコーンがどこかに飛んで行ってしまった。

「あれ？　あれ？」

辺りをキョロキョロ見回す先輩。

「あ、頭の上にありますよ」

と、映画ではキスもせずに二人の顔が後ろに離れていった……。姉ちゃんホントにやりやがったな!?

「ん？　優斗、取ってくれないかな？」

「あ、はい……」

先輩の頭へと手を伸ばす。

キスの間際、二人の顔がピタリと止まった。

「取れました」

「ありがとう」

「いえいえ、少し御手洗《おてあら》いへ行ってきます」

「大丈夫か？　これから良いところだぞ？」

「すぐ戻ります」

姉ちゃんを止めようと急いで外へ出ると、何やら偉い人にこっぴどく叱られている姉ちゃんが見えた。珍しくガチヘコみの顔をしている。見なかったことにして、そっと席に戻る。

「早かったな、優斗」

「ええ、なんだか見てて可哀想《かわいそう》だったので」

「？」

「何でもないです」


「いやあ、滅茶苦茶《めちゃくちゃ》面白かったな優斗！　まさかオカメインコが黒幕だったとはな！」

「ええ、あれは意外でしたね。あ、そうだ先輩、これ、プレゼントです」

「え？」

先ほどコッソリ貰《もら》ったキーホルダーを先輩に手渡す。

「こ、これ、ポップコーン監督のキーホルダーじゃないか……！」

「はい、可愛かったんで……。よかったら使ってください」

「で、でも、悪いよ。それに、私には似合わないだろうし……」

もじもじしながら、何かと葛藤している先輩。

「俺の分もありますから、二人でお揃《そろ》いってことなら、どうですか？」

「っ！」

俺の分のキーホルダーを、プラプラと揺らす。

「そ、そういうことなら仕方ないな！　他ならぬ、優斗の頼みだしな！」

先輩はパアッと満面の笑みを浮かべた。

「ふふ、ありがとうございます」


翌日から、俺と先輩の鞄《かばん》には、お揃いのキーホルダーがぶら下がることになった。

「イイハナシダナー」

ピーちゃん、ちょっと小バカにしてない？

第十八羽：サンマンドル　ハラウ

凛緒先輩の家に呼ばれた。今日はお父さんもいるらしい。

「ヤバ、緊張して軽く昇天しそう」

先輩の家の前で、何度も深呼吸を繰り返す。

「ちょいといいかな庶民くん」

いきなり呼びかけられてメッチャドッキリした。振り返ると、そこには上下白のスーツで身を固め、赤い薔薇《ばら》を胸ポケットに挿した茶髪でオールバックの男が、ニヤけた笑みを浮かべながら立っていた。……誰だこの人？

「肩にインコを乗せている辺りアホ臭が凄《すご》そうだな」

「ダマレ　コゾウ」

「何だと!?」

「ナマムギ　ナマゴメ　ナマタマゴ」

「おっ、早口言葉か？　受けて立とう」

手をすり合わせ、気合いを入れる。相手がインコなのがもの悲しい。

「生麦にゃま米生たまぎょ！」

「バーカバーカ」

「何うぉ!?」

　この人ピーちゃんに思い切り馬鹿にされてるけど大丈夫だろうか？

「くっ！　いや、落ち着け御曹司《おんぞうじ》和仁《かずひと》。俺はあの御曹司カンパニーの代表取締役社長だぞ。社員からも慕われてるし、毎週ナイトプールにも行ってる。こんな庶民や庶鳥とは、人間としてのランクがそもそも違うんだ」

　何やら一人でブツブツ呟《つぶや》いている白スーツ男。今の一連の流れで、この人の人となりが何となくわかったな。白スーツ男はまたさっきまでのニヤけ顔に戻り、俺とピーちゃんを見下ろす。

「いやなに、橘《たちばな》家のお嬢様を紹介していただけるとのことでね。遠路遥々《はるばる》とやって来たのだよ」

「……苺音《まおん》ちゃんのことかな？　もしかして変質を良しとする方なのかな？

「何でも大層美しいとのことだしな。名前も凜緒さんと言うそうだ」

「はいぃ!?」

　こんな悪趣味が服着て歩いてるような男に、凜緒先輩を紹介だとおおお!?!?　正気ですか凜緒先輩のお父さん!!　少なくとも俺は、そんなNTR展開、絶対に許しませんよ！

俺はバッグの中に忍ばせていた、凜緒先輩お手製のクッキーを取り出す。

「これ、よかったらお近づきの印にどうぞ」

「おお！　庶民の割には殊勝な心掛けだな！　どれ一つ」

躊躇《ちゅうちょ》なくクッキーを頬張る白スーツ男。

——バカめ。

「ウッ！　腹が……!!」

途端にゾンビみたいな顔になってうずくまった。流石《さすが》凛緒《りお》先輩のクッキー《化学兵器》。こうかはばつぐんだ！

「ト、トイレ！　トイレエエエ!!」

白スーツゾンビはトイレを求めて、どこかへ旅立って行った。

「セイバイ」

うむ。

——その時だった。

「ああ、君が御曹司君だね？　いやいや、若くして実業家と聞いていたが、ここまで若いとは」

「ん？　え？」

凛緒先輩の家から、男の俺でも見蕩《みと》れそうになるくらいの、ナイスミドルが出て来た。

ま、まさかこの方が先輩のお父さん!?（そして俺の未来のお義父《とう》さん！）

「さあさあ、立ち話もなんだ。とりあえず入りたまえ」

「あ、はぁ」

何やら俺のことを白スーツゾンビと勘違いしてるみたいだけど、まあ、いいか。

橘家の、例のちょっとしたダンスパーティーが開けそうなくらい広いリビングに通された俺。

「最近の実業家は肩にインコを乗せているのだね。時代も変わったねぇ、うん。ますます気に入った」

「ど、どうも」

腕を組みながら何度も頷《うなず》くお義父さん。その横では、お義母《かあ》さんがクスクス笑っている。

さてはお義母さんは、全部わかったうえでこの状況を楽しんでますね？　それにしても、凛緒先輩はまだかな……。流石にいたたまれなくなってきたぞ。

「お、遅れました！」

「――！」

その時だった。何とかゾンビ状態からは脱した白スーツ男が、全身汗だくでリビングに入って来た。

「何だね君は？　さては近頃凛緒に付きまとっている男だな？」

「橘さん！」

「君のような何処《どこ》の娘の骨ともわからん奴《やつ》に、ウチの可愛《かわい》い馬はやれん！」

お義父さん緊張してる？

「大体その白いスーツはなんだ！　時代遅れにも程があるぞ！」

初対面だけど、段々白スーツ男が可哀想になってきた。

「聞いているのかね!?　久住《くずみ》君！」

「あの、俺、御曹司です……」

お義父さんが俺を見た。メッチャ気まずいけれど、言うしかない。

「自分が久住です」

「シシテシカバネ　ヒロウモノナシ」

「な、何だと!?　貴様今まで騙《だま》していたのか!?」

「お父さんが勝手に勘違いしたんでしょ？」と凜緒先輩のお母さん。

「それに、久住君の事気に入ったって言わなかったっけ？」

そう続けると、お義父さんは苦虫を噛《か》み潰したような顔をして黙ってしまった。

「すまん御曹司君。お詫《わ》びに、娘が作った漬物でも食べてくれ」

「お父さん、これマカロン」

「!?」

まあ、無理もないですよお義父さん。誰がどう見ても、馬に踏み潰された漬物にしか見えないですもん。

「こ、これが凜緒さんお手製のマカロンですか！　もちろんいただきます！」

「あ」

これまた微塵《みじん》も躊躇なく、凜緒先輩のマカロン《化学兵器》を頰張る白スーツ男。よくこいつ、こんなんで社長になれたな？

「ガハァッ!?」

「御曹司君ッ!?」

当然の如《ごと》くその場でぶっ倒れる白スーツゾンビ改。

「シシテシカバネ　ヒロウモノナシ」

うむ。

「も、申し訳ございません橘さん……。ど、どうやら今日は体調がリーマンショックみたいですので、おいとまさせていただきます……」

すごすごとリビングから出て行く白スーツゾンビ改。

「う、うむ、それがいいかもしれんね。久住君、君が付き添ってあげなさい」

「え？」

俺がですか？……まあ、状況的にそれしかないでしょうが、釈然としないな。

「あれ？　ユートリノ？　もう帰るのか？」

「先輩！」

ここに来て凜緒先輩が満を持しての登場！

「そ、そうなんです。ちょっと用事が出来ましてして」

「そうなのか……」

露骨にしょぼんとする先輩。うーん、俺の先輩は、今日も可愛いぜ（いつもの）！

「チナミニコンカイ　リオノデバンハ　コレデオワリデス」

ピーちゃん!?


嫌々ながら白スーツゾンビ改に肩を貸して、大通りに出る。運良くタクシーが通りかかったので、手を上げて止めた。

「へい、どちらまで？」

「姉ちゃん!?」

最近段々自分の姉が怖くなってきた！

「姉ちゃん免許取ったんだ」

いつの間に、と感心しながら助手席でシートベルトを着ける。

「ほれ」

指二本でポケットから差し出された免許証をしげしげと見つめる。

「姉ちゃんコレ、なめられるまで有効って書いてあるけど!?」

「なめんなよ？」

グンとペダルが踏まれ、スキール音と共に車が走り出した。

「ぐえっ！」

勢いで頭がふらつく。

「流石新車だ。馬力が違うね！」

「イチバンキニイッテルノハ　ネダンダ」

コレって会社の車じゃないの!?　大丈夫!?

「姉ちゃん速度がヤバいって！」

「しっかり摑《つか》まってろ」

まるで暴走族のように走るタクシー。少し先の歩道では選挙の街頭演説が行われていた。

「お、いいモンあるじゃん」

パワーウインドウを下げると、街頭演説をしているちょいとハゲた男から、マジックハンドで素早く拡声器を奪い取る姉ちゃん。

「道路交通法違反の次は窃盗罪まで!?」

「ちょいと借りるだけだよ」

姉ちゃんは拡声器を口に当て、声を張り上げた。

「緊急車両が通ります!!」

すると、前を走っている善良な一般車両たちが、次々と道を譲り始めた。

「これも私の人徳ってやつ？」

「よく言うよ！　開いた口が塞がらないよ」

後々面倒な事になるような気がするが、俺は悪くないという事にしておこう。うん、それがいい。

「ところでさ、若い子紹介してもらってどうするの？」

「えっ、聞いてたの姉ちゃん？」

「いや、カン」

「……こわ」

後部座席では白いスーツがよれよれになって、カーブを曲がる度に吐きそうになる哀れなスーパー白スーツゾンビがいた。

「いや、橘氏は取引先でね。ただの成り行きさ……本気じゃない。あ、そこを左に行ってくれ」

「おーけぃ」

「次は右に行ってくれ。――ウエップ！」

「姉ちゃんもう少しゆっくり走らないと、出ちゃうよ？」

「それはそれで見てみたい」

鬼がいる。


――翌週。

二階堂《にかいどう》君のバイト先のネコカタギで黄昏《たそが》れていると、この辺ではあまり見掛けない、出来るキャリア志向の塊みたいなスーツ姿の女性がやって来た。ピーちゃんの傍《そば》の席に腰掛け、思い詰めたように分厚いファイルを眺める。ピーちゃんはオモチャをズコズコつついて遊んでいる。

「ハァ……」

女性がクソデカ溜《た》め息《いき》を漏らす。やっぱ大人になると、いろいろと大変なのかな？　しばらく無言でファイルとにらめっこしていた女性は、やがて肩を落としながら、トボトボと店から出て行った。結局コーヒーには一切口をつけなかった。

「あっ」

が、店から出る直前、彼女は茶封筒を一つ落としていった。何だろう？　手に取ってみると、そこには『退職願』の文字が……。

「いま、出来るキャリア志向の塊みたいなのが来なかったか!?」

「――！」

するとそこへ、先週の白スーツ男が。ゲエッ。

「多分来ました。こんなものを落としていかれましたけど」

退職願を白スーツ男に見せる。

「なになに!?　ひとみ上のみやこ合いにより――うぉぉぉぉ!!!!!!!　彩芽《あやめ》がいないとハンコもトイレットペーパーも何処にあるかわからんのじゃあー!!」

この人本当に社会人？　それに『ひとみ上のみやこ合い』って何だよ。『一身上の都合』

じゃないの？

「こうしちゃいられん！」

慌てて店から出て行く白スーツ男。が、すぐに戻って来た。

「何処に行ったかわからん！　おいお前！　行きそうな所を案内しろ！」

「何故《なぜ》俺が？」

「俺はこの辺の地理を知らん！　いつも彩芽の運転だし助手席で寝てるからな！　この前も代行で来た！」

うわぁ……。しょうがないなぁ。

「ピーちゃん行くよ」

「ガッテンショウチノスケ」

「鳥頭はいらん」

「多分役立つと思います」

「んなアホな」

「ジャガンノチカラヲ　ナメルナヨ」

「ふん、そこまで言うなら見せてみろ、お前の力をな！」

さて、鬼が出るか蛇が出るか。

　白スーツ男の後について行き、その辺に路駐されていた、いかにも高級そうなスポーツカーに乗り込む俺たち。

「車、普段は運転しないんですか？」

「するぞ。免許もある」

　スッと出された免許証に『なめられるまで有効』の文字が見えた。あれ、なんか最近こんなやり取りをしたような……。

「なめるなよ？」

　あ、この人姉ちゃんと同じタイプの人だ。

「よっしゃいくぞおおおおお!!!!」

　グンとペダルが踏まれ、スキール音と共に車が走り出した。

「ぐえっ！」

　勢いで頭がふらつく。完全に先週の二の舞だ。

「ミギイッテ」

「あいよ」

「ヒダリイッテ」

「ほいよ」

「ミギイカナイデ　ミギイッテ」

「どっちなんだおい!?」

ここまでピーちゃんにおちょくられる人も珍しい。

「……さっきの女性は、あなたの秘書的な方なんですか？」

「ああ、その通りだ。——子どもの頃学校で虐《いじ》められていた俺を、唯一助けてくれたのが彩芽だった。俺が何とか学校を卒業出来たのは、彩芽のお陰だ」

「そ、そうだったんですか」

そんな過去が……。

「だからこそ、俺が会社を立ち上げた際、せめてもの恩返しにと思って、彩芽だけは特別待遇で秘書になってもらったんだ。少しでも、楽な暮らしをさせてやりたくて……。だが、それが却《かえ》って彩芽のプレッシャーになってしまっていたみたいだな。あいつなりによくやってくれていたんだが、社員の横領や不渡りが多発してしまってな、ついさっき、うちの会社は倒産したよ……」

「——!!　そ、そうですか」

てかそれ、絶対彩芽さんのせいじゃなくて、あんたがおとぼけだったせいだと思うけどね。先週は「社員からも慕われてる」とか言ってたくせに、おもっくそ裏切られてるじゃないか。

「もう全財産も、財布の中の三万円しか残ってない。ハァ……、俺はいったいどうしたら」

クソデカ溜め息を漏らしながら、俯《うつむ》く白スーツニート。

「あっ!? 前! 前ッ!!」

「なに?——ぬおおお!?!?」

前方には街路樹が! 白スーツニートは急ブレーキを踏むも間に合わず、そのまま車は街路樹にぶつかってしまった。

「やっちまった!」

外に出てぶつかった箇所を確認し、ゾンビみたいな顔になる白スーツゾンビニート。潮の香りがしたので辺りを見回すと、いつの間にか海辺まで来ていたようだ。——おや?

「あっ、あそこ!」

奇跡的に、海岸を歩く彩芽さんを発見した。ピーちゃんグッジョブ!

「彩芽!」

「……社長」

彩芽さんに駆け寄る白スーツゾンビニート。俺たちもそれに続く。

「ピーちゃんよくわかったね」

「流石《さすが》ピーちゃん」

「ヒトリカイガンヲ　アルキタイキブン」

「いやいや、それより何で海までの道知ってたんだ鳥頭」

「ピーチャンインコ　インコダカラ　インコ」

「便利な鳥頭だ。……ん?」

ピーちゃんが羽の間から指輪を取り出し、白スーツゾンビニートに差し出す。これは、絹原《きぬはら》さんから貰《もら》った指輪!?

「プロポーズ　スル」

「くれるのか？」

「サンマンドル　ハラウ」

「買った」

これは、凜緒《りお》先輩とボードゲームをやった時の台詞《せりふ》!?　財布から三万円を取り出し、ピーちゃんに渡す白スーツゾンビニート。これで彼の全財産はゼロだ。

「彩芽」

「社長……すみません。会社、なくなっちゃいました」

「いいんだ。君に何もかも頼り切っていた。俺が全て悪い」

俺もそう思います。

「社長……」

彩芽さんに、ピーちゃんからなけなしの三万円で買った指輪を渡す白スーツゾンビニート。

「今はこれで勘弁な」

「……嬉《うれ》しいです」

「そうだ。キッチンカーで弁当でも売らないか？　スポーツカー売ってさ」

「いいですね」

「じゃ、帰るか」

仲睦《むつ》まじく手を繋《つな》ぎながら、スポーツカーに乗り込む二人。キーを回すと、ボンネットが思い切り開いて煙が噴き出した。車はピクリとも動かない。オォフ……。

「ハハハハハ」

「フフフフフ」

この二人の事はまだよく知らないけれど、二人だけにしかわからない世界があるのだと思った。この人は全財産を失ったけれど、それでも明るい未来を信じている。隣にいる、愛する人との未来を。

俺も……凜緒先輩と。

いや、凜緒先輩だからこそ。

第十九羽：アトハ　ワカイフタリデ

「ユートリノ！　ピ階堂！　見ろ、人がゴミのようだ！」

「凜緒先輩！　その発言はいろいろとマズいですよ！」

「最近気付いたけど、橘《たちばな》先輩ってちょっと変わってるよな」

「ハヤリノフクハ　キライデスカ」

今日はいつものメンバーで、近所の夏祭りにやって来た。

「ん？　どうしたユートリノ？　私の顔に何か付いてるか？」

「い、いえ!?　何でもないです！」

ヤバい！　思わず凜緒先輩に見蕩《みと》れてたのがバレるところだった！――でもしょうがないだろこれは！　今日の先輩は浴衣姿で、しかも艶のある髪を結い上げて、蠱惑的《こわくてき》なうなじを露《あら》わにしてるんだぞ！　こんなのガン見するなってほうが無理な話だよ！　瞬きもせずガン見してたせいで、目が乾いて「目がぁ、目がぁ～～～」ってなってるよ！

「ユートリノ！　あの屋台から美味《おい》しそうな匂いがするぞ！　覗《のぞ》いてみよう！」

「あ、はい」

「いらっしゃい。おねえちゃん可愛《かわい》いね。安くしとくよ」

「あ、あなたは!?　ユートリノのお姉さん!?!?」

例によって姉だった。最早《もはや》俺の心は微塵《みじん》も揺れない。姉の屋台ではタコ焼きやイカ焼きといった定番のアイテムを売っていたが、何故かイカ焼きは異様に膨らんでいる。

「何これ？」

「イカ焼きに焼きそば入れた」

「合うのかい？」

「こっちはイカ焼きにラムネを――」

「いらない」

「クレープにイカ焼きは？」

「論外」

イカ焼きに恨みでもあるのか？

「タコ焼きを三人前ちょうだい」

「毎度あり！　おねえちゃん美人だからオマケしとくよ！」

「び、びずんっ!?」

この遣《や》り取《と》り前も見たな。フリーズしている先輩をよそに、さっさとお金を払ってタコ焼きを受け取る。

「ムゲンノカナタへ　サアイクゾ」

「ピーちゃん!?」

その時だった。突如翼をバサァと広げたピーちゃんは、夏の夜空へと飛び立ってしまった。ジーザス！　最近は大人しかったから、油断してた！

「凜緒先輩！　二階堂君《にかいどう》！　ピーちゃんを探しましょう！」

「う、うむ！」

「オウ！　俺はこっちを探すから、二人はあっちを見てきてくれ」

「ありがとう、二階堂君！」

——無事でいてね、ピーちゃん。


「ユートリノ、あそこ！」

先輩の指差した方を向くと、射的の景品にしれっと交っているピーちゃんを発見した。あいつ!?

「ドコヲネラッテイル」

ピーちゃんがぬいぐるみのフリをしながら、ギリギリで弾を避けている。

「当たらないよー！」

何発撃っても当たらないので、幼女ちゃんが泣き出してしまった。何て罪深いインコなんだ！

「コラ、ピーちゃん！」

「オニサンコチラー」

「ああっ!?」

またしても逃走し、俺たちを嘲笑《あざわら》うかのように裏山のほうへ消えていくピーちゃん。

「ユートリノ、追うぞ!」

「あ、はい。——!?」

凜緒先輩は俺の手を握り、駆け出した。オ、オォフ。凜緒先輩の手、あったけぇ……。


「この辺りに飛んで来たと思うんだが」

「そうですねぇ」

ピーちゃんを追って裏山の中腹辺りまで来た俺たち。人気がなく、夜の闇が辺りを支配している。

「イラッシャイマセ　ニメイサマデスカ」

「ピーちゃん!?」

急に肩に圧を感じたと思ったら、いつの間にかピーちゃんが乗っていた。

「もう!　心配したよ!　ダメじゃないか!」

「メンゴメンゴ」

まったく悪びれた様子がないピーちゃん。

「まあまあ、無事だったんだからいいじゃないか。——あ」

その時だった。夜空を彩るように、大輪の花火が打ち上がった。わぁ、綺麗《きれい》だ——。

「ゼッケイカナ　ゼッケイカナ」

——!?　まさかピーちゃん、この光景を、凜緒先輩と二人っきりで見せてくれるために、この場所に誘導を——!?　ありがとう、ピーちゃん——。

「イイカイピーチャン？　アノバショデフタリガイイカンジニナッタラ　オシエルンダゾ？　ジャマヲシテ　モンモントサセテヤロウ」

そして姉ちゃんはちょっとだけ地獄に落ちろ。

「り、凜緒先輩」

勇気を振り絞り、繋ぎっぱなしだった手に力を込めて、凜緒先輩を見つめる。

「——！　優斗《ゆうと》」

俺のただならぬ空気を察したのか、微笑を浮かべながら見つめ返してくれる先輩。

「凜緒先輩」

「優斗」

「リオセンパイ」

と、そこで肩からピーちゃんの鳥圧が消えた。

「後は二人に任せろ」

「アトハ　ワカイフタリデ」

いつの間にか後ろにいた二階堂君が、大きな手でピーちゃんを鷲摑《わしづか》みにしている。そのまま頭にピーちゃんを乗せ、茂みの向こうへと消えていった。二階堂君も、ありがとう。

「凜緒先輩……俺」

「ああ。ドンと来い」

「俺……、やっぱり学校でも先輩の彼氏として、堂々と振舞いたいです！」

「――！」

「そのことで降りかかる、どんな火の粉も払ってみせます！――だって俺は、先輩の彼氏なんですから」

「優斗……」

凜緒先輩は何かを覚悟したかのように、コクンと一つ頷《うなず》く。

「わかった。優斗のことを慮《おもんぱか》ってのことだったんだが、どうやら余計なお世話だったみたいだな。――私も本当は優斗のことを彼氏として、みんなにずっと自慢したかった」

「せ、先輩――！」

頬を赤らめながら、満面の笑みを向けてくれる凜緒先輩――。

「――凜緒先輩、大好きです」

「――ああ、私も優斗が大好きだ」

俺たち二人は、次々と打ち上がる花火に祝福されながらキスを交わした。人生で二度目のキスは、夏の夜の味がした――。

「そ、そうだ、冷めないうちに、タコ焼きを食べないとな！」

「そ、そうですね」

あまりの恥ずかしさに、お互いしどろもどろになってしまう。

「はい優斗、あーん」

爪楊枝《つまようじ》に刺したタコ焼きを、俺の口元に運んでくれる先輩。あーんキター――!!!

「あ、あー……あぁ!?」

が、よく見るとタコ焼きが深紅に染まっていた。――これは、凛緒《りお》先輩特製の、いつもの殺人ソース!?

「どうした、優斗？」

「い、いえ!?　何でもないです！……いただきます」

「うむ！」

心の中だけで遺書を書いてから、俺は一思いにタコ焼きを口に含んだ――。


翌日は腹痛で学校を休んだ。

エピローグ：リオセンパイ　ダイスキデス

「ヤッテルカ　ゴクツブシ」

「ゲェ、鳥頭！」

「うふふ、いらっしゃいませ、ピーちゃんさん」

白スーツニートと彩芽《あやめ》さんが、キッチンカーでお弁当屋さんを始めたというので、俺と凜緒先輩とピーちゃんで冷やかしに来た。白スーツニート改め白スーツ店長は、相変わらずの白スーツ姿でお弁当を売っている。明らかにお弁当屋さんの格好じゃないだろ。

「バスエノホストカヨ」

「うるさいぞ鳥頭！　まったく、お前の弁当に毒を盛ってやりたい気分だよ」

「何か私たちにお手伝い出来ることはありますか？」

因《ちな》みに凜緒先輩には、白スーツ店長のことはただの知り合いだと言ってある。間違っても先輩のお父さんが、先輩のことを紹介しようとした男だなんてことは言わないし、言いたくもない。

「あ、じゃあ是非、ピーちゃんさんに宣伝部長になってもらえませんか？　丁度この後、テレビの取材が来るんです」

「オ、オイ彩芽!?　正気か!?」

「もちろん正気です社長。こんなに流暢《りゅうちょう》に喋《しゃべ》るピーちゃんさんが宣伝してくれれば、集客アップ間違いなしですよ」

「し、しかしだな……」

すっかり尻の下に敷かれてるみたいだな、白スーツ店長は。

「おお！　いいじゃないですか！　やれるよな、ピーちゃん！」

満面の笑みでピーちゃんにサムズアップを向ける先輩。

「ガッテンショウチノスケ」

「うふふ、決まりですね」

大丈夫かなぁ……。


「どうもー、チュンチュンテレビの者です。本日はよろしくお願いします」

「ど、どどどどどうも！」

「よろしくお願いいたします」

程なくして、地方テレビ局のアナウンサーさんやスタッフさんたちがやって来た。白スーツ店長ガチガチに緊張してるけど、大丈夫か？

「あら、こちらの可愛《かわい》いインコさんは？」

「宣伝部長のピーちゃんさんです」

「ピーチャン　デス」

「まあ、これはキャッチーですね！」

アナウンサーさんへのウケはまずまずのようだ。

「いいか鳥頭、美味《おい》しいお弁当が三百八十円、いいな？」

「オイシイオベントウガ　サンビャクハチジュウエン」

「いいぞ鳥頭！」

うん、この感じなら、本番も大丈夫そうだな。


「ではそろそろ中継繋《つな》がりまーす。三……二……一……スタート」

「はい！　本日は最近オープンしたばかりのお弁当屋さんにお邪魔しております。まずは店長にお話を伺いたいと思います。どうもこんにちは」

「こ、こここここんぬずは！　ほ、ほんずつは、お日柄もよぐ！」

緊張しすぎだろ!?　お前よくそんなんで社長やってられたな!?　ああもう、凜緒先輩が「わかるわかる……」みたいな顔して、吐きそうになってるじゃないか！

「あ、あははー。えー、こちらのお店には、とても可愛らしい宣伝部長さんがいらっしゃるそうなんです。それがこちら。セキセイインコのピーちゃんです！」

とっさの機転で、ピーちゃんにマイクを向けるアナウンサーさん。流石《さすが》プロ！

「オマエノベントウニ　ドクヲモッテヤリタイキブンダヨ」

「……え」

「おいコラ鳥頭！」

ピーちゃあああん!!!!　こいつまたやりやがった!!

「オイシイオベントウガ　ゴセンサンビャクハチジュウエン」

「勝手に五千円足すな!!」

叙〇苑《えん》の特上弁当かよ！　流石のアナウンサーさんも、どうしていいかわからず、顔を引きつらせている。

「ハハハ、えー、ではスタジオにお返ししますねー……」

「待て！　訂正させろ！　撤回させろ！　やり直しを要求するー!!」

「ユウト　アーン」

「「──!?」」

ピーちゃん!?!?　この瞬間、美味しいネタを見付けたと言わんばかりに、マイクとカメラを向けるテレビクルー。

「ユウト　オイシイ？」

「これは……！　もしかしてココのお弁当によってもたらされた物ですか!?」

「あ」

これはチャンスとでも言わんばかりの白スーツ店長。

「そうです！　ウチのお弁当によって結ばれたのがあの二人です！」

「なっ!?」

白スーツ店長に指を差され、俺と凛緒先輩にカメラが向く。

「ウチの弁当には縁結びの効果があるのです！」

生放送で平然と嘘《うそ》をつくな!!

「リオセンパイ　ダイスキデス」

「ピーちゃんはもう喋らないで!!」

こうしてこの日、ピーちゃんのせいで俺たちの交際が、テレビ中継で世間にバレてしまったのであった——。

気!お弁当屋さん
LIVE
直撃!!

あとがき

このたびは拙作をお手に取っていただき、誠にありがとうございます。世界の片隅でひっそりと小説を書いております、間咲正樹と申します。

しいたけさんからの「コラボしませんか？」という誘いに、軽い気持ちで「いいっすね！」と答えて生まれた作品が、こうして書籍化したのですから、人生というのは本当にわからないものです。しいたけさんにはこの場をお借りして、改めてお礼申し上げます。

また、こちらの期待を遥《はる》かに上回る、素晴らしいイラストを手掛けてくださったしんし智歩《ちほ》先生、数々の的確なアドバイスをくださった担当編集者様、超美麗なカバーを作成していただいたデザイナー様、私をここまで育ててくれた両親、両親を育ててくれた祖父母、祖父母を育んだ母なる大地、母なる大地の生みの親である太陽、そして可愛《かわい》い猫ちゃんにも、厚くお礼申し上げます。因《ちな》みに本作の中で私が一番好きなシーンは、凜緒《りお》が「うどりゃあああああッ!!!!!」と雄叫《おたけ》びを上げているところです。美少女が「うどりゃあああああッ!!!!!」と叫んでるのって、凄《すご》く萌《も》えますよね？

それではまたいつか、どこかでお会いしましょう。

間咲正樹

憧れの美人生徒会長にお喋りインコが勝手に告白したけど、会長の気持ちもインコが暴露しやがった

発　　行　2024年6月25日　初版第一刷発行

著　　者　間咲正樹
原　　案　しいたけ
発 行 者　永田勝治
発 行 所　株式会社オーバーラップ
〒141-0031　東京都品川区西五反田 8-1-5
校正・DTP　株式会社鷗来堂
印刷・製本　大日本印刷株式会社

Printed in Japan　ISBN 978-4-8240-0847-3 C0193